KB059553

그남자가 읽어주는

여자의 물건

그 남자가 읽어주는

여자의 물건

지은이 이건수
펴낸이 최승구
펴낸곳 세종서적(주)

편집인 박숙정
편집장 강훈
책임편집 이진아
기획 · 편집 윤혜자 정은미
디자인 조정윤 전성연
마케팅 김용환 김형진 이강희
경영지원 홍성우

출판등록 1992년 3월 4일 제4-172호
주소 서울시 광진구 천호대로 132길 15 3층
전화 영업 (02)778-4179, 편집 (02)775-7011
팩스 (02)776-4013
홈페이지 www.sejongbooks.co.kr
블로그 sejongbook.blog.me
페이스북 www.facebook.com/sejongbooks
원고 모집 sejong.edit@gmail.com

초판 1쇄 발행 2016년 9월 5일
3쇄 발행 2016년 10월 27일

ISBN 978-89-8407-578-8 03810

이 도서의 국립중앙도서관 출판시도서목록(CIP)은 서지정보유통지원시스템 홈페이지(http://seoji.nl.go.kr)와 국가자료공동목록시스템(http://www.nl.go.kr/kolisnet)에서 이용하실 수 있습니다.(CIP제어번호: CIP2016020170)

그남자가 읽어주는

여자의 물건

엄마에게

프롤로그

너에게 가는 길

원래 하나였던 너와 나. 낙원을 떠나올 때부터 너와 나 사이에는 작은 틈이 생겼고, 손에 땀과 피를 묻히는 생활이 주는 형벌로 인해 너와 나는 남이 되었다. 서풍이 불어올 때면 그 투명했던 낙원의 나무 밑 그늘 냄새가 그립고 그리웠다. 한때 전쟁터 같은 이 세상 속에서 나였던 너, 날 닮은 널 찾기 위해 지독한 외로움을 겪어내기도 했다.

너의 뜨거운 육체보다도 너의 깨끗한 정신의 순도가 나의 관심이었고, 나도 맑고 밝아지기 위해 치열하게 투쟁했었다. 플라토닉 러브라는 단어는 이 현실 속에서 이미 허망한 광고문구라는 사실도 뒤늦게 알게 되었다. 그래도 나는 다른 성별의 나를 찾고 싶었고 알고 싶었다. 이 땅 어디엔가 살고 있을 너에게 나는 끝없이 다가간다. 언젠가 너를 만나게 될 때 나는 너를 분명 알아차릴 수 있을 것이다. 너의 귀고리, 너의 목걸이, 너의 빈 곳을 채워준 그 물건들이란 내가 너였으면 갖고 있었을 그런 것들이니까.

여성의 사물은 여성에게 다가갈 수 있는 길을 열어 준다. 그것은 원래 하나였던 그녀에게 닿아 있는 연결고리이다. 그 사물들을 통해서 우리는 그 여성의 심리나 감각을 가늠해볼 수 있다. 나의 스타일은 그 여성의 사물 속에 들어 있다. 여성의 사물은 말없이 여성의 역사를 드러내준다. 사물의 광채를 따라 여성의 속마음을 발견한다는 것은 그 여성 속에 숨어 있는 나를 만나는 일이다. (거꾸로 남자의 물건 속에서 여성 자신을 발견하는 일도 있을 수 있다.)
사물에서 마음으로 그리고 결국은 나를 찾아가는 과정은 사랑의 여로이자 그 완성의 과정이다. 그래서 속세의 사랑은 이기적일 수밖에 없다. 사랑의 대상 속에서 자기를 찾으려 하고 그것에 사랑을 투사한다. 사랑의 대상은 거울이 되어 투사된 사랑을 반사함으로써 결국 사랑은 사랑을 투사한 자신에게로 되돌아온다. 더욱이 지금은 그 사람의 유일한 사랑이 목적이 되기보다는 그 사람을 사랑하는 동안의 흥미롭고 쾌적한 과정 자체를 즐기고 숭배하는 키치적 사랑의 시대다. 사랑의 대상이 사물이건 사람이건 자기애의 표현으로 남아 있는 경우가 많다.

신께 마음의 평안을 달라고 기도하면 신은 죽도록 불안한 상황을 던져준다. 신께 사랑을 달라고 기도하면 신은 죽이고 싶도록 미운 존재를 내 곁에 보내준다. 분노할 수밖에 없는 상황 속에서, 미워할 수밖에 없는 상황 속에서 평온하고 용서할 수 있을 때, 그것이 진짜 평안이고 사랑이다. 불꽃 위에 머무는 눈발처럼, 최고점을 찍은 분수의 물방울처럼.

나는 여자를 잘 모른다. 내 안에 어느 정도의 여성성이 있다고 할지라도 이 사회 속에서 여성형 명사로서 살아본 적이 없기 때문이다. 그저 남보다 좀 유별난 감성과 예리한 시선으로 여성을 관찰하고 상상한 결과를 여기에 몇 가지 적어 놓았을 뿐이다. 1년 동안 '여성적 사물의 매혹'이라는 주제로 어느 백화점에서 만드는 월간지의 권두 에세이를 청탁받으면서 시작된 이 짧은 글들은 이후 3년의 세월을 거쳐 너무 많지도 너무 적지도 않은 52개의 숫자로 마무리 짓게 되었다.

여성의 사물 하나하나는 여성의 본질과 닿아 있고 그것들은 여러 장르의 예술작품에서 각기 다른 색채와 감성으로 표현되어 왔다. 나는 그들 작가들의 고유한 해석에 나의 주관적인 시선을 덧붙임으로써 또 하나의 '사물에 관한 팡세Pensées'를 내놓게 되었다.

여성의 사물에 대한 서술이 인터넷 검색창을 두드리면 쏟아져 나오는 지식과 정보의 열거가 될 필요는 없었다. 그 수많은 데

이터의 정리와 나열은 이미 포화 상태로 우리의 판단을 방해할 정도에 이르고 있다. 다시 말해 백과사전식의 사물 정보를 제시하는 것은 내가 할 일이 아니었다. '사실fact'에 근거한 설명보다 '가치value'에 근거한 해석이 좀 더 개성적이고 유익하리라 생각했다. 이런 관점은 어떤 의미에서 비평적 행위라고 할 수 있다. 사물을 열린 개념의 예술작품이라 생각하고 그것을 철학적인 시각에서 해석하고 평가했다. 인상비평의 오류에 빠지지 않으려고 하면서도 주관적 체험과 느낌의 개입을 포기하지 않았다. 비교미학적 관점에서 여성의 사물을 바라보고 여성을 이해하려 했다,

여자의 물건들을 '보고, 듣고, 맡고, 맛보고, 느끼는' 색성향미촉色聲香味觸의 오감을 토대로 크게 5가지의 갈래로 분류해보았다. 먼저 아름다워지려는 욕망을 충족시켜주는 주얼리와 뷰티 계열의 물질적 기호들, 끊임없는 가사와 노동 속에서도 지워지지 않는 생활 속 여인의 향기, 이성의 시선을 사로잡는 도발적인 코드들의 섹시하고 유혹적인 사물들, 여성 내부에 존재하는 남성의 취향과 그로 인해 발견되는 동질성, 마지막으로 동물적 본능을 승화시킨 문화적 표현으로서의 여성적 대상 등 유형의 물건뿐만 아니라 여성의 취향이라 할 수 있는 무형의 여성적 자산도 포함시켰다. 여성을 키워드로 하여 남성을 읽어보고, 더 나아가 인간의 실존을 탐색해보는 여정을 시작해본다.

차례

4 날 닮은 너

5 여자의 일생

1

비키니를 입은 비너스

페르메이르
〈진주 귀고리를 한 소녀〉 1665경
헤이그 마우리츠하위스 왕립미술관

귀고리

추억은 방울방울

나에게 귀고리 하면 떠오르는 이미지는 무조건 페르메이르 Vermeer의 〈진주 귀고리를 한 소녀〉1665경이다. 측면광의 부드러운 광선을 흠뻑 머금은, 누군가의 부름에 응답하는 듯 살짝 몸을 틀은 소녀의 응시에는 끝없는 속삭임이 배어 있다. 커다란 무구함의 눈망울, 반쯤 열린 입술 끝에 반짝이는 빛점, 그리고 그 옆으로 이어지는 진주 귀고리의 부드러운 반사에 쉽게 눈을 뗄 수 없다.

울트라마린의 터번을 두르고 잠시 후면 다시 등을 돌리고 어둠 속으로 사라져버릴 것 같은 그녀. 빛바랜 작은 거울처럼, 희뿌연 눈물처럼 나의 마음을 달고서 그녀는 떠나간다. 왠지 모를 동정심을 자아내는 그녀의 귀고리는 한 방울 눈물. 그녀의 미소도, 그녀의 사랑도 잠시 흔들린다. 핀트가 흐려진다.

이 그림이 주는 고요한 울림은 약간 과장되었지만, 너무 장식적이지 않은 진주 귀고리의 단순한 우아함에서 오는 것이다. 그리고 이 그림은 고정될 수 없는 슬픔의 찰나를 그린 것이다. 진주 귀고리는 그녀의 그리운 눈물이고 응결된 순정이다. (페르메이르가 일찍 죽은 딸을 회상하며 그렸다는 설도 있다.)

'야한 남자' 마광수 교수는 "귀고리를 한쪽만 달거나 양쪽 귀에서로 대조적으로 다른 모양의 귀고리를 단 여인도 관능적이다. 왼발과 오른발의 구두를 각각 다른 색으로 신은 여인도 관능적으로 보인다"고 말했다. 으레 그러듯이 고전적인 지루함보다는 생동적인 파격에 높은 점수를 준 것이다. 짝짝이가 더 아름답다고 보는 그의 '언밸런스 스타일' 찬미. 그러나 그것도 자세히 보면 시선의 움직임을 유발하는 매력적 대상의 결정적 순간을 예찬한 것은 아닐까. 때문에 모든 액세서리가 다 그렇지만, 귀고리는 클래식보다는 바로크를 지향한다.

인간에게는 오감五感이라는 대표적인 감각체계가 있고, 서양에서는 그중에서도 시각과 청각을 가장 고급한 감각으로 간주해 왔다. "아름다운 풍경", "아름다운 음악 소리"라는 말은 있어도 "아름다운 냄새", "아름다운 맛", "아름다운 감촉"이란 말은 없다. 여기서 "아름답다"라는 말은 수적인 통일과 질서를 의미하는 것이고, 그것은 결국 "지성적이다"라는 것과 동의어가 된다. 눈과 귀가 우리 인체의 가장 높은 곳에 위치하고 있는 이유는 이 기관에서 발생한 정보가 입력될 수 있는 가장 가까운 위치에 뇌가 있기 때문이다. 허리띠 아래의 감각에 대한 철학적인 논의는 프로이트 이후에서나 가능했던 얘기다. 오감은 사실 눈구멍, 귓구멍, 콧구멍, 입구멍, 땀구멍 등 인간의 대표적인 5가지 구멍과 연관되어 있다. 우리는 이 구멍들을 통해 세계와 만난다. 세계가 이 구멍을 통과할 때, 각각 어떤 '맛'을 느끼게 된다. 그것을 '쾌감'이라고 해도 좋다. 이렇듯 세계는 몸body과 정신mind의 쾌락적인 대화 속에서 생겨난다.

어찌 보면 귀는 가장 온순하고 수동적인 기관이다. 그러면서도 은근히 그리고 강력하게 사람의 인상에 영향을 끼치는 부위이기도 하다. 귀가 떨어져 나간 고흐의 실제 얼굴은 상상만 해도 소름 끼친다. 그런 조용한 부위에 고리를 달아 얼굴을 과장하겠다는 것이 귀고리의 탄생 이유이겠지만, 나는 오히려 그런 은밀한 부위는 화려한 장식보다는 귀엽고 은은하게 살짝 부각시키는 것이 좋겠다는 생각이다. 나에겐 그것이 훨씬 섹시하다.

게다가 멋을 내기 위해서 귀를 뚫는 부분까지 생각하면 더더욱 혼란스럽다. 요즘 귀를 뚫지 않은 여성은 거의 없다시피 하지만, 왠지 뚫린 자국 선명한 여인의 귓불은 나를 슬프게 한다. 비영구적인 장식을 위해 지워지지 않는 흉터를 영원히 남긴다는 것. 그 이유는 단 하나 클립식 귀고리는 예쁜 게 별로 없기 때문이다. 그러나 바늘구멍만 한 크기의 점 하나가 그 몸 주인의 모든 것을 구속한다는 느낌이 드는 이유는 왜일까? 오랫동안 비어 있는 그 작은 구멍은 귀고리의 부재가 주는, 돌이킬 수 없는 것, 지울 수 없는 것, 그 자리를 떠나가버린 것에 대한 슬픈 증거로 남아 있다.
때문에 '진주 귀고리 소녀'의 귓불에 흉터가 있다면 그녀를 향한 나의 연민이 증발해버릴 수도 있을 거란 생각을 가만히 하게 된다.

반지

너에게 주는 심장

반지는 노출된 심장이다. 왼손 네 번째 손가락, 우리말로 약지藥指라고 불리는 그곳은 심장과 제일 가까운 핏줄이 흐르는 곳으로 알려져 있다. 반지는 지금 그 심장이 묶여 있음을 의미하는 상징이 된다. 달리 말하면 당신의 생명이 반지를 준 사람에게 어느 정도 속하게 되었음을 드러내는 표식이 된다.

때문에 반지는 결혼 예물을 대표하는 품목이 되었고, 거기에 거대한 상업주의적 해석과 채색이 덧붙여지면서 너무나 흔하고 상식적인 프러포즈의 도구가 되어버렸다. 더 나아가 반지를 주고받는 행위의 순수성보다는 반지에 붙어 있는 '빛나는 광물질'의 크기와 종류에 따라 마음과 정성이 평가받는 수준에 이르게 되었다. 루비는 뜨거운 심장, 사파이어는 고귀한 심장, 에메랄드는 지혜로운 심장으로 보일 뿐, 그것들은 모두 다이아몬

앙드레 파피용 〈장 콕도〉 1939

드의 무결함 앞에 그 빛을 잃어버리게 된다.

김중배의 다이아몬드 때문에 심순애의 마음은 흔들리고, 이수일의 명분 있는 사랑은 상처받는다. 반지는 가장 작으면서도 가장 결정력 있는 구애求愛의 도구인 동시에, 가장 지울 수 없는 추억의 증표이다. 정윤희 주연의 영화 〈뻐꾸기도 밤에 우는가〉1980의 라스트 신. 자신을 범하려는 남자를 껴안고 불가마 속으로 들어가 순결을 지킨 순이는 자신의 모든 것을 버렸으나 끼고 있던 옥가락지로 달랑 남는다. 그 반지를 사주었던 애인 돌이가 그것을 검은 재 속에서 발견하고 오열하는 순간, 멀리 뻐꾸기 울음소리가 들린다. 연인의 의리는 반지로 남고, 그 반지의 주인은 뻐꾸기로 환생한다. 또 어느 영화 속 광고에서 봤던가. 뢴트겐 사진으로 남은 손가락뼈에 걸려 있는 빛나는 보석 반지는 무상한 삶의 결과가 우리 앞에서 그리 멀리 떨어져 있지 않음을 오만하게 제시한다. 우리의 몸은 없어지고, 우리의 사랑도 사라진다. 내가 끼고 있는 이 반지도 결국 내 손가락을 빠져나가 나 아닌 다른 사람의 인생 속으로 굴러 들어갈 것이다. 사랑에 뜨겁게 몰두할 때 우리는 상대방을 구속하려 하고 소유하려 한다. 너무나 일반적이고 자연스러운 현상이다. 그래서 반지 같은 것으로 서로의 관계를 옭아맨다. 그러다 사랑이 끝나게 되면 이 작은 동그라미를 어찌할 줄 몰라 고민에 빠지게 된다. 다른 누구에게 주기도 그렇고, 버리기도 아까운 애물단지가 되어버리는 것이다.

영원할 것으로 착각했던 인연의 굴레는 잠깐의 황홀함을 지나 지울 수 없는 후회만을 남기는 경우가 허다하다. 남산타워 옆에 그 수많은 사랑의 자물쇠들. 그중에서 완벽한 사랑의 결속을 이룬 커플은 과연 몇 쌍이나 될까. 미완으로 남은 녹슨 사랑의 징표들은 오늘도 말이 없다. 카펜터스the Carpenters의 허탄한 노래 〈난 사랑에 빠져야 해요I Need to be in Love〉 후렴구엔 이런 가사가 나온다. "이렇게 완벽하지 못한 세상에서 완벽함을 찾으려고 했던 것을 알아요. 참 바보죠. 그걸 찾을 수 있다고 생각했으니…." 몸에 액세서리 하나 걸치기를 그토록 싫어했던 내가 예전부터 이상형으로 생각했던 반지는 카르티에 트리니티였다. 순전히 전방위예술가 장 콕도Jean Cocteau 때문이었다. 그의 초상사진을 보면 그는 항상 새끼손가락에 그것을 끼고 있었지만, 정작 내가 그것을 살 때는 '같은 가격이면 굵고 큰 게 금이 더 많이 들어갔겠지' 하는 생각에 조금 헐렁할 정도로 큰 것을 골랐다. 어떻게 보면 결혼기념 10주년을 빙자한 나의 희망품목 구입이었지만, 반지에 흠집이 생길까봐 고이 모셔놓기가 일쑤였다. 그러다 인터넷 운세를 보니 삼재三災에 들었다고 해서 세 줄짜리 이 반지를 "삼재 방지용"으로 쓰기 시작했다. 그러면서도 이 반지의 스타와 연결된 유대감에 위로받기도 했다. 삼재를 깨는 문재文才! 요즘도 나는 트리니티를 낄 때마다 "천재, 장 콕도!"를 외치며 그의 글재주가 나에게도 임하길 간절히 기도한다.

드레스

작품이냐 상품이냐

패션의 주연배우는 역시 이브닝드레스이다. 그것은 패션이라는 드라마의 영원히 지지 않는 꽃이다. 추운 겨울 레드카펫에서 미소 짓는 여배우의 비현실적인 드레스는 카메라의 플래시 속에서 우리 삶의 음영을 더욱 짙게 드러낸다. 일반적인 현대 여성들에게 대여한 웨딩드레스나 피로연의 칵테일드레스를 제외하면 그처럼 화려한 드레스는 머나먼 환상이다.

드레스는 오트쿠튀르Haute Couture의 목적이면서 그 일렁이는 신기루 같은, 손에 잡을 수 없는 무지개 같은 목적의 잔영이다. 현재 모든 패션은 오트쿠튀르의 자존심으로 살아왔고, (어려운 현실이지만) 그것의 '대안적인 예술'로서의 생존을 위해 오트쿠튀르를 포기할 수 없다. 전설적 디자이너는 자신만의 전설적인 드레스를 갖고 있다. 그들의 패션 일대기는 자신의 고유한

앵그르 〈무아테시에 부인〉 1856 런던 내셔널 갤러리

드레스의 변천사라고 할 수 있다.

'고급 맞춤복 브랜드', 현재는 '일류 디자이너의 고급 주문 의상복'이라는 의미로 쓰이는 오트쿠튀르는 프랑스 나폴레옹 3세의 비妃 외제니 드 몽티조Eugénie de Montijo의 전담 의상 디자이너가 된 워르트Worth, 영국이름 워스의 프랑스 발음에 의해 1857년 시작되었다. 사교계의 중심이었던 왕비, 공주, 귀족들의 패션이 모범적인 모드가 되어 퍼져갔다. 프랑스혁명 이후 등장한 신흥 부르주아는 돈은 있었지만 혈통은 없었다. '속악俗惡한 취미'의 '졸부'들은 귀족들의 교양 있어 보이는 덕목을 따라 하기 시작했고, 값비싸고 화려한 드레스는 선망의 대상이 되었다. 뿌리 깊이 배어 있는 자신들의 신분적인 콤플렉스를 감추고, 부富를 과시하는 수단이 되었다.

19세기 전반부에 복식을 적극적으로 기록했던 화가는 고전주의자 앵그르였다. 실크, 새틴, 모피의 질감, 모든 액세서리의 광택을 앵그르처럼 성실하게, 사진보다 더 리얼하게 공들여 모사한 화가는 없다. (〈브로이 공주The Princesse de Broglie〉1851~53나 〈무아테시에 부인Madame Moitessier〉1844~56의 그 실감 나는 디테일과 광택의 붓질을 보라.)

의뢰인들의 취향이 드러나는, 좀 더 부르주아적인 일상의 색채가 선명한 인상주의자 모네의 드레스(〈샤이, 풀밭 위의 점심식사〉1865~66, 〈녹색 옷을 입은 여인〉1866 등)를 거쳐, 19세기 후반부 일상의 풍속도風俗圖, 그것도 여성의 의상과 모드를 꾸준하게 등장시킨 화가는 르누아르였다. 아버지가 재봉 장인이라서 그런가, 평생 그린 9,000여 점의 작품 중 말년의 나부裸婦 시리즈가 등장하기 전엔 여성과 연관된 옷이 대부분의 주제였다. 당시의 유행대로 주로 검은 드레스를 입은 파리지엔의 흥겨운 일상을 기록한 〈물랭 드 라 갈레트〉1876, 〈우산〉1881~85은 기성복의 성행을 보여준다. 평범한 도시 여성들이 새롭게 등장한 백화점에서 구입했을 그 검은 드레스는 복식의 평등화와 평준화, 모드의 현대화를 입증하는 징표가 된다.

드레스를 통한 계급 철폐와 세기적인 의상혁명은 1926년 샤넬이 발표한 리틀 블랙드레스little black dress로 일어났다. 당시 "샤넬 포드The Chanel Ford"라고 불리어졌을 만큼 포디즘Fordism 같은 대량생산 기성복 시스템의 가능성을 열어주었다. 주로 상복이나 하녀, 점원의 유니폼을 위해 쓰였던 기존 블랙드레스의 통념을 깨고, 프랑스혁명 이후 획일화된 남성복의 제복 느낌, 산업혁명 이후 남성복의 검정이나 회색 같은 무채색의 시크함을 뒤섞은 미니멀한 모던 룩은 지금까지도 가장 대안적인 드레스의 방향으로 사랑받고 있다.

오트쿠튀르의 황혼은 다큐멘터리 〈마지막 황제 발렌티노Valentino–The Last Emperor〉2009에 잘 나타나 있다. '발렌티노 레드'라는 말이 있을 정도로 환상적인 레드드레스로 유명한 발렌티노의 기념비적인 데뷔 45주년 행사까지 이어지는 이 다큐멘터리는 거대자본의 금전의 논리에 생사가 오가는 '예술적' 패션계의 무대 이면을 자조적으로 드러낸다.

디자이너의 이름을 걸고 시작된 패션산업은 1970년대는 패션 상류사회를 중심으로 한 옷 판매가 중심이었다. 1980년대는 옷 제작보다는 라이센스를 사용하기 시작했고, 이윽고 1990년대는 외부로부터 투자를 받기 시작했다. 이 과정에서 프레타포르테(기성복) 시장의 공격과 기업합병으로 인한 경영권의 박탈을 통해, 달리 말해 자본의 논리와 매니지먼트의 윤리에 따라 오트쿠튀르의 존폐가 결정되는 시절에 이르게 되었다. 오늘날의 런웨이나 쿠튀르 쇼는 돈이 안 된다. 브랜드 이미지를 통한 각종 액세서리가 유통의 중심이다. 이런 환경 속에서 아티스틱한 디자이너는 고뇌하고 갈등하는 '패션의 햄릿'이 된다.

오늘날 우리가 예술fine-arts이라고 부르는 7~8가지의 장르가 형성된 것은 18세기 중반이다. 바퇴Charles Batteux가 《하나의 원리로 통일된 여러 가지 예술들의 특징》1746에서 예술의 본래적 의미인 '기술'을, 순전히 쾌pleasure를 목표로 하는 기술fine-arts과 실용성utility을 목표로 하는 장인적 기술mechanical arts, useful arts, 그리고 건축술과 웅변술(수사학) 같이 쾌와 실용성을 동시에 노리는 기술로 분류함으로써 시작된 것이다. 오늘날 패션을 예술의 범주에 편입시키자면 세 번째인 쾌와 실용성의 기술이라고 할 수 있을 것이다.

현재 '예술'이라는 과거의 개념은 '아트'라는 용어로 이미 대체되어 광범위하게 사용되고 있다. 순수예술fine-arts의 아성은 해체된 지 오래전이다. 전통적인 예술의 생산과 유통 시스템도 바뀌게 되었다. 마르셀 뒤샹의 남성용 변기 〈분수fountain〉1917는 미술을 오트쿠튀르에서 기성품ready-made의 세계로 이동시켰다. 이제 기성품도 (예술가의 세례를 받으면) 예술작품이 될 수 있게 되었다. 결국 세상엔 예술작품과 비예술작품 간의 사물적 구별과 경계는 존재하지 않게 되었다. 앞으로 미와 실용성을 겸비한 패션과 건축이 주된 아트 체계로서 더욱 적극적으로 모든 순수예술의 총합을 이끌어낸다고 할 때, 패션이나 건축, 그것을 둘러싼 현상들에 대한 미학적 성찰과 재고는 시급한 일이다.

인간에게 있어서 가장 기본적인 문화의 형성은 의식주와 연계되어 있다. 아무리 고급한 수준의 문화적 산물이라 할지라도 '먹고, 입고, 잔다'라는 가장 인간적이고 본능적인 이 욕구와 의지에서 발원한 것이다. 그렇다면 우리나라에 세계 랭킹에 드는 셰프와 레스토랑이, 패션디자이너와 브랜드가, 건축가와 건축물이 과연 몇이나 된다는 말인가? 문화 선진을 이루려면 먼저 가장 기초적인 의식주의 영역에서 세계적이고 보편적인 수준의 '작품'들이 현실적으로 선재先在해야 할 것이다.

과거 우리의 문화유산 중엔 세계 최고라 할 만한 것이 적지 않았다. 우리 시대의 예술가들은 우리의 문화적 정체성과 자신감을 회복하여 미래지향적인 '문화사적 내러티브'를 완성시키는 것이 중요하다. 우리에게 세계적인 아티스트가 많아짐으로써 패션과 건축의 가능성이 커질 수도 있겠지만, 먼저 세계적인 스타 디자이너나 건축가를 배출한다면 우리의 미술 또한 또 다른 차원으로 융성할 것이다. 그게 더 현실적이고 구체적인 대안이 된다.

일본의 패션디자이너 요지 야마모토는 법대를 나왔고, 건축가 안도 다다오는 권투선수 출신이다. 그들이 획득한 보편적 세계성은 일본의 전통성에 대한 투철한 성찰과 확고한 믿음에서 시작되었다. 역사와 전통을 현대적으로, 동시대적으로 재해석하고 그것을 사적 체험과 이력으로 구체화시킬 때, '문제적 예술가'는 재빨리 우리 곁으로 다가올 것이다.

하이힐

10cm 위의 하늘

현재 스코어, 여성이 남성에게 어필할 수 있는 가장 섹시한 신체 부위는 가슴이다. 그러나 그것은 직립보행을 하기 시작한 유인원 탄생 이후의 얘기이고, 인류가 아직 네 발로 기는 원숭이였을 때, 가장 유력한 성징性徵은 엉덩이였다.
그렇다. 원숭이 엉덩이가 빨간 이유는 분명히 있었다. 눈에 잘 보이라고…. 네발로 기는 동물들은 '수평적' 시선을 지니고 있었다. 달의 인력에 영향을 받고, 후각을 통해 서로 월경月經주기와 배란기를 맞춘 포유류의 암컷들이 지나갈 때, 발정기의 수컷들은 눈앞에 펼쳐진 유혹적인 대상들의 흔들림을 좇아가게 되었다. 그들의 사랑의 자세는 후배위後背位였다.
그러나 직립보행의 존재로 진화되면서 인류는 '수직적인' 시선을 갖게 되었고, 세상을 '옆'이 아닌 '앞'으로 마주하게 되었다.

마네 〈올랭피아〉 1863 파리 오르세 미술관

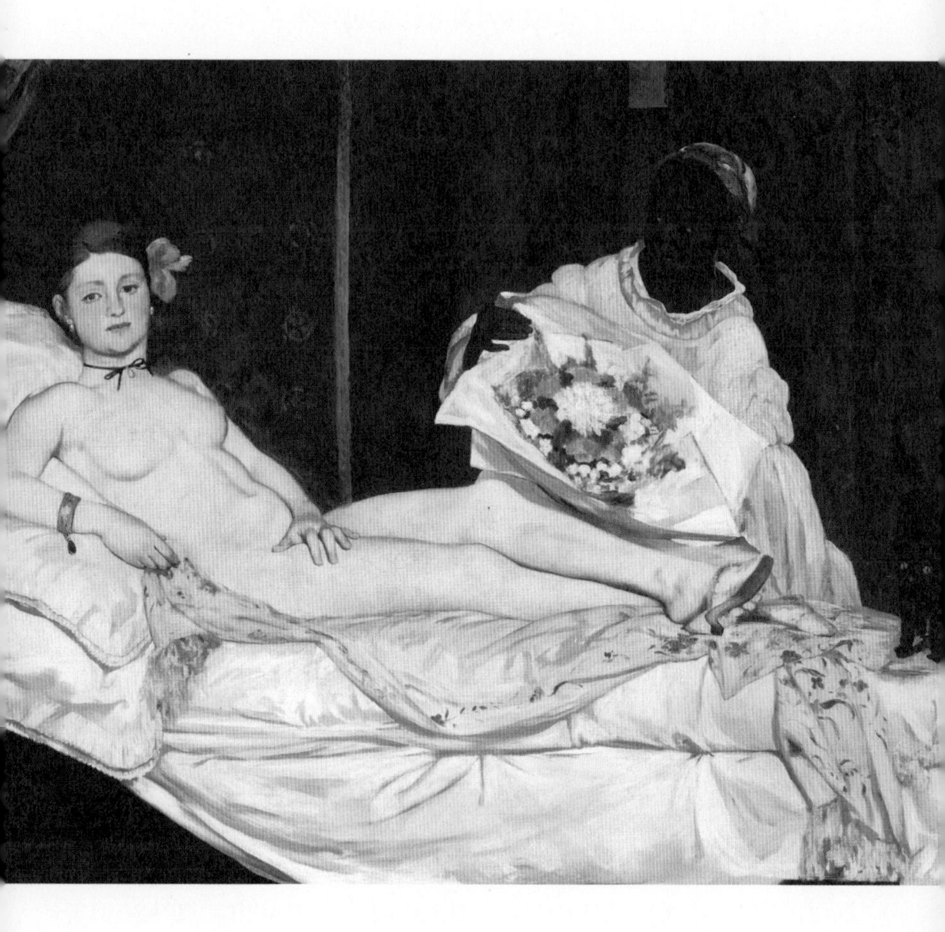

그렇게 되자 얼굴과 동시에 성징을 확인해야 할 필요성 때문에 여성의 미약했던 가슴, 기능성만 지니고 있던 가슴이 발달하게 되었다. 가슴은 진화된 엉덩이였던 것이다. 거기에 본능적으로 시작되었던 인간의 섹스는 사회적인 의미까지 부여되면서 점점 여러 단계를 거치게 되었고, 생리적인 주기나 몽정기와 훨씬 멀어진 시간대에서 벌어지는 기나긴 대화가 되어버렸다. 그들의 체위는 대부분 정상위正常位였다.

이상은 영국의 동물행동학자 데즈먼드 모리스의 연구서《털 없는 원숭이》1967와 몇몇 생태학 책에서 비롯된 내 기억의 짜깁기이다. '털 있는 원숭이'에서 '털 없는 원숭이'에 이르기까지 여성의 성징 중 가장 파워풀한 것은 가슴과 엉덩이란 얘긴데, 이것과 가장 밀접한 관계를 맺고 있는 패션 아이템이 하이힐이다. 하이힐은 여성을 수직적인 구도 속에 자리하게 한다. 인간의 형상을 좌대 위에 올려놓아 독립적인 존재감을 부여함으로써 근대조각으로의 길을 연 로댕의 조각처럼, 더 심하게 말하면 특별한 풋라이트에 의해 더욱 빛나는 진열대 위의 명품처럼, 하이힐은 여성의 성징을 부각시키고 남성의 시선을 끈다.

하이힐은 여성의 가슴과 히프를 더욱 입체적으로 강조시키며, 그 힘의 동세를 발끝이라는 한 점으로 정리, 귀결시킨다. 그것은 여성의 몸을 면面이 아닌 라인으로 인식하게 만든다. 다이아몬드형의 쿨함. 강력한 에지…. 위아래로 훑어보는 짧은 만남의 시선

속에서 머리로부터 시작된 '물음표'가 하이힐에 이르러선 '느낌표'로 끝이 난다. 광택 있고 매끈한 재질과 형태의 이 페티시fetish는 사실 머리를 장식하는 모자나 머리핀, 귓불에서 흔들리는 귀걸이, 목을 감싸며 내려오는 펜던트, 팔목을 감도는 팔찌, 그리고 손끝에서 손짓하는 반지나 네일과 마찬가지로, 감춰졌던 신체의 부분 부분을 반짝이게 만드는, 그래서 기대하지 않은 부분에까지 눈길을 주게 만드는 유혹의 미디어라고 할 수 있다.

내가 너무 하이힐을 성적인 코드로 해석한 것일까? 그러나 오랜 역사 동안 학습되어온 하이힐의 성적 판타지는 우리의 일상을 초현실의 공간으로 변모시킨다. 꽃장식과 펜던트와 팔찌와 (힐의 일종인) 뮬mule을 발끝에 걸치고 누워 있는 마네의 〈올랭피아Olympia〉1863가 머루 같은 눈동자를 반짝이며 일어나서 그 작은 하이힐로 내 가슴을 사뿐히 지르밟아준다면….

우아한 아치 공법이 극복하는 버티컬 리밋. 그 꼭짓점에 서 있는 서커스 소녀의 위태로움. 거리로 뛰쳐나온 발레리나의 춤 속에서 우리는 너울너울 넘어가는 저쪽 세계의 풍경을 그려보게 된다. 중력의 안정성을 버리고 무중력의 긴장감으로 현실의 땅을 잠시나마 망각하려 한다. 하이힐은 단순히 10cm 위의 공기를 의미하는 것이 아니다. 하이힐의 춤은 더러운 세상이 밟기 싫어 하늘로 승천하려는 이상주의자들의 혁명적 몸짓이다.

목걸이

응시하는 자본주의의 눈동자

유한마담의 가슴골 깊이 묻혀 있는 커다란 다이아몬드 목걸이의 효용성에 대해서 마르크스주의자는 회의한다. 상품이 지닌 사용가치와 교환가치에 얽힌 유통 구조의 부조리, 그리고 거기에 관계하는 노동가치의 평가 문제가 마르크스 《자본론》제1권, 1867의 주된 관점이라고 할 때 '보석', '장신구'로 불리는 이런 사물들은 아무 쓸모도 없는 물건인 것이다. 그런데 그런 광물이 어느 노동자의 평생 봉급보다 몇 갑절이나 비싼 이유는 무엇일까?

무용함의 극치를 달리면서, 생존에 필수적이지 않음을 자랑으로 삼고 있는 이것은 그러나 가슴 속에 가장 뜨거운 소유욕을 불러일으키는 액세서리다. 그야말로 부가되고 덧붙여진 보조물이다. 없어도 되지만 바탕이 되는 그 어떤 옷보다도 비쌀 수 있는 물건이기에 사치품이 될 수도 있겠다.

마네 〈폴리 베르제르의 술집〉 1881~82 런던 코톨드 미술관

사치는 필요 이상의 돈을 쓰거나 분수에 지나친 생활을 하는 것이다. 현대의 사치는 악덕한 행위라기보다는 부덕한 행위이다. 왜냐하면 사치의 형벌은 그 당사자에게 사적인 형태로 다가오기 때문이며, 또 필요 이상의 돈을 써야만 드러나는 비물질적 가치의 위력도 있기 때문이다. 특별한 순간, 특별한 사람에게 우리는 생필품이나 실용품을 선물하지는 않는다. 가장 쓸모없으면서 가장 비싼 것. 가장 낮은 사용가치와 가장 높은 교환가치를 지닌 특별한 무언가something special를 찾아내야 한다. 특별한 날 여성이 가장 받고 싶어 하는 선물이 목걸이라는 조사 결과를 가볍게 넘기지 말아야 한다.

모파상은 단편 〈목걸이La Parure〉1885에서 친구에게 빌린 가짜 다이아몬드 목걸이를 잃어버리고 진품을 구해주느라 10년 동안 혹독한 가난에 시달리며 자신의 아름다운 용모까지 희생시킨 여주인공 마틸다의 희비극적인 삶을 통해 허영심의 교환가치를 허무하게 보여준다.

목걸이만큼 자본주의의 말기적 상징처럼 읽히는 장신구도 없을 것이다. 근대소설뿐만 아니라 근대미술 속에서도 목걸이는 자본주의의 그늘에서 역설적으로 빛나는 아이러니의 증거물로 등장한다. 피부에 가장 밀접한 액세서리로 등장하는 목걸이는 자본주의의 육적인 부패 정도를 가장 선명하게 보여준다.

근대 자본주의 도시에서 자신의 몸을 통한 노동력 자체가 상품이자 돈 자체가 되는 존재는 매춘부와 만보객漫步客이다. 마네는 '비너스'의 그리스어인 〈올랭피아Olympia〉1863라는 작품을 통해서 아무것도 걸치지 않은 채, 매춘부를 상징하는 펜던트pendant만 착용한 '매음굴의 비너스'를 보여준다. 그것은 8등신八等身의 절대적인 이상미의 비율도 아니고, 부드럽게 순화된 채색의 볼륨도 아닌 그냥 발가벗겨진 채 누워 있는 허연 몸뚱어리다. (그것은 영화 〈타이타닉Titanic〉1997에서 비슷한 포즈로 누워 있던 케이트 윈슬릿과는 다른 뉘앙스로 다가온다.) 짧은 목에 감긴 펜던트만 없었더라도, 바라보는 관객을 향한 똑바른 응시만 없었더라도 이 그림이 이렇게 불편하게 느껴지지는 않았을 것이다.

마네는 유작으로 알려진 〈폴리 베르제르의 술집A Bar at the Folies-Bergère〉1881~82에서도 꽃으로 장식된 여종업원의 가슴 위에 커다란 눈동자처럼 빛나는 펜던트를 그려 넣었다. 등 뒤의 거울에는 반대편에 앉아 있는 뜬구름 같은 부르주아들의 군상이 비쳐 있다. 그중에는 밝은 옷을 입고 있는 파리 사교계의 고급 창녀와 여배우의 모습도 보인다. 지금 여종업원의 앞에는 실크해트를 쓴 남자가 수작을 부리고 있다. 그 남자의 시선이 바로 이 그림을 바라보는 우리의 시선이다. 우리를 향한 그녀의 눈빛은 초현실적일 정도로 무의미하고 흐릿하다. 이제 보티첼리의 비너스는 술집 웨이트리스의 옷으로 갈아입고 비정한 '자본주의의 비너스'가 된다.

자신의 정체를 드러내는 얼굴 밑, 모든 생명의 통로가 되는 목이 시작되는 부분에서부터 여성의 성징인 가슴 사이에 자리 잡아, 불꽃처럼 피어오르며 자신의 모든 영롱한 기운을 수렴하는 그것은 그것을 바라보는 이의 시선을 집중시키기도 반사하기도 한다. 목걸이는 타인의 시선see에 대해 응시eye할 줄 아는 눈동자 같은 액세서리다. 나의 엿보기를 들통 내서 나를 부끄럽게 만드는 무서운 거울이다.

핸드백

여성 패션계의 여왕

핸드백은 여성 패션계의 권력자다. 군대에 비교한다면 사병 개개인이 소지하고 있는 기관 소총과 같은 것이다. 패션의 그 어떤 아이템도 핸드백만큼 강력한 화력을 발휘하는 것은 없다. 근대 여성에게 모자의 화려함이나 드레스의 색깔이 중요했다면 이 시대 여성에게 핸드백은 그들의 사회적 지위를 상징하면서, 모든 패션의 방향을 지배하는 태풍의 핵과 같은 존재다.

옷이 핸드백을 규정짓는 것이 아니라, 핸드백에 옷을 포함한 모든 스타일이 종속되는 경우가 많다. 게임의 룰에 적용된 그녀의 상식적인 의상보다는 감각적인 핸드백 하나가 강력한 첫인상을 남겨줄 수 있다. 세계 명품 브랜드들의 전체 수입 중 25퍼센트만이 의류 수입이고 나머지는 핸드백을 중심으로 한 액세서리와 구두라는 점을 주목한다면, 핸드백이 지닌 패션 산업계에서

김중만 〈르몽드〉 시리즈 파리 2014

의 위상은 말할 나위 없이 지대한 것이다.

한편으로 핸드백은 여성의 잡동사니를 포함한 작은 휴대용품을 넣고 다닐 수 있는 필수품이기도 하다. (그만큼 여성의 이동에는 주머니에만 넣는 것으로는 부족한, 그 많은 무언가가 함께한다는 얘기가 된다.) 근대 여성의 의복에 주머니가 생기면서 잠시 핸드백의 위세가 주춤한 적도 있지만 핸드백은 악어가죽백에서 에코백에 이르기까지 그 주인이 진입하는 모든 장소에 깊숙이 동행하며 고대로부터 여성 패션의 꽃으로 살아남아 왔다.

근대 건축가 르코르뷔지에Le Corbusier의 도시설계 모델은 보행하는 사람보다는 자동차를 중심으로 제시된 도시 공간이다. 이로써 우리 시대 도시의 기본적인 디자인은 직선적인 사각형의 구조를 띠게 되었고, 모든 운송의 효율성은 이 압축된 시간성과 공간성을 요구하게 되었다. 루이뷔통의 초기 히트작도 '사각형의 원칙'에서 시작되는데 둥근 덮개가 달린 여행 상자—로버트 스티븐슨의 소설 《보물섬》1883 같은 데 등장하는 보물 상자 같은—를 직육면체의 상자로 만들어 선적과 수납에 효율성과 간편성을 높인 결과를 만들어냈다.

여성들의 자동차 이동 시간이 늘어나면서, 과거처럼 한번 이동할 때 같이 움직여야 하는 '이삿짐' 수준의 물품들이 줄어들고, '움직이는 집'인 차 안을 포함, 결국 거의 대부분 실내에서 들고 다니는 핸드백은 그 용도적 필요성보다는 자신의 능력을 과시하는 쪽으로 소비되고 있다.

요즘은 캐주얼 패션에도 어울리는 명품 핸드백이 많아지고 있지만 우리가 즉각적으로 연상하는 핸드백은 정장에 격식으로 갖추어야 할 어느 정도의 '완고함'을 지닌 핸드백이다. 살면서 사회생활을 영위하기 위해선 비싼 것은 아닐지라도 어느 정도의 좋은 핸드백은 몇 개 가지게 될 수밖에 없다. 문제는 수시로 바뀌고 돌아가는 의복에 일일이 맞춰 핸드백을 구입한다면 그것은 패션의 변화무쌍한 폭만큼 끝도 없는 일이 되고 만다는 사실이다. '핸드백의 클래식'이 지닌 디자인 라인에서 크게 벗어나지 않는 색채와 형태에 집중하여 선택하는 것이 현명할진대, 이런 "기본에 충실"한 쇼핑 전략 때문일까. 일부 명품백 품귀 현상은 여성들의 팔꿈치 주변을 획일화하고 몰개성화한다. 에르메스의 그레이스 켈리Grace Kelly의 이름을 딴 1950년대 켈리백, 제인 버킨Jane Birkin의 이름을 딴 1980년대 버킨백의 추종자들은 지금도 줄지 않는다.

'명품'이란 말은 '명작'이란 말과 조금은 다른 뉘앙스를 지닌다. 우리가 현재 쓰고 있는 "예술fine-art"이란 말은 18세기 중반에 생긴 말로 그전엔 모두 "기술"이었다. 대장장이, 목수장이, 풍각쟁이, 환쟁이 등 그 기술자들을 '쟁이', 바꿔서 '장인匠人'으로 불렀다. 그 장인 중에서 최고를 마스터Master, 마이스터Meister,

마에스트로Maestro라고 불렀다. 마스터가 만든 명품을 '마스터피스masterpiece'라고 부른다. '의학의 아버지' 히포크라테스가 남긴 "인생은 짧고 예술은 길다"라는 말은 "인생은 짧고 의술은 길다"라는 말로 이해해야 한다. 그 시대엔 "예술"이란 말이 없었다.

세계적인 건축가가 설계한 명품 매장에 디스플레이된 핸드백 위로 미술관 조명이 내려 비쳐지자, 높은 좌대 위에서 그것은 경배의 대상으로서 '예배가치kultwert'의 광채를 발하며, 그 어떤 예술작품보다 강한 힘으로 우리의 시선을 끌어당긴다. "나를 가져가세요. 당신이 나를 가지면 한 번쯤은 누군가의 시선을 끌 수 있을 거예요." 욕망과 유혹의 이 공간 속에서의 순로順路는 미술관보다 더 극적인 내러티브를 펼쳐놓는다.

파리 생제르맹의 오래된 루이뷔통 매장을 '성지 순례'하고 벗어나와 약간만 걸으면 키 큰 나무가 몇 그루 서 있는 아주 한산하고 조그만 광장 골목이 나온다. 그 옆에 들라크루아 뮤지엄이 숨어 있다. 그걸 알고 있는 파리의 관광객은 과연 얼마나 될까.

샌들

신들의 신발

샌들은 신의 시작이자 끝이다. 인류 최초의 신은 밑판과 그것을 발에 고정시킬 수 있는 몇 개의 끈이 연결된 단순한 구조의 샌들이었다. 신을 신을 수 있는 사람은 종교 지도자나 귀족들로서 신은 신분의 고귀함을 대변하는 상징이었다.

성경에서도 모세가 십계명을 받기 전 처음으로 들었던 하나님의 목소리가 "신을 벗으라"는 명령이었다. 신을 벗는다는 사실은 자신의 권위와 자존심을 모두 포기한다는 의미를 지니고 있다. 이때 모세가 벗은 것도 샌들이었다.

최근엔 높은 굽이 달린 샌들부터 투명 나일론 끈으로 만든 페라가모의 인비저블 샌들invisible sandal 등 다양한 형태의 샌들을 볼 수 있지만 그래도 가장 스탠더드한 샌들의 형태는 그리스 로마 문명에서 보이는, 가죽끈으로 엄지발가락 사이를 지나 발

보티첼리 〈프리마베라〉 1478 피렌체 우피치 미술관

목과 연결되는 모양일 것이다. 보티첼리의 〈프리마베라〉1478에서 중앙의 비너스가 신었고, 지워져 없어졌지만 다빈치의 〈최후의 만찬〉1495~98에서 예수와 12사도가 신었던 그 스타일 말이다. 그것은 동양에서도 마찬가지로, 일본 나라 고후쿠지興福寺의 〈아수라 상像〉734도 비슷한 샌들을 신고 있다.

샌들은 발의 형태를 그대로 드러내 주기 때문에 발가락의 모양이나 발의 길이, 발목의 두께가 사실 미적 항수에 있어서 더 중요한 역할을 한다. 흔히 관상觀相에서 면상面相보다 수상手相, 수상보다 족상足相, 족상보다 심상心相이란 말을 하는데, 그것은 처음 눈에 들어오는 외모의 순서를 따지다 보면, 오랜 시간을 봐야 점차로 감춰진 부분을 볼 수 있게 되고, 그러다 보면 가까스로 그 사람의 진심에 도달할 수 있다는 사실을 의미하는 듯하다. 그러나 실제로 머리부터 발끝까지 외면을 관찰하다 보면 용두사미 격으로 시작은 화려했으나 발끝에서 실망으로 끝나는 경우가 많이 있다. 얼굴은 너무 예쁜데 그 손이 너무 못생겼을 때 그 사람의 이력을 묻고 싶을 때가 있고, 얼굴은 너무 고상한데 그 발이 너무 못생겼을 때 그 사람의 근본을 알고 싶을 때가 있다. 물론 균형과 균제와 비례와 조화 같은 고전주의적인 형태미의 기준과 관점에서 하는 평가지만, 그래도 보기 좋은 모양이 있고 그것으로 떠오르는 이상적인 관념이 분명 존재한다. 잘생긴 얼굴이 있고, 잘생긴 가슴이 있고, 잘생긴 히프가 있고, 잘생긴 손발이 있다. 어떤 발은 '발'보다는 '족'이라는 표현이 더 어울린다. 경주마의 발목과 짐마차를 끄는 말의 발목은 다르다. 스포츠카의 보디라인과 덤프트럭의 보디셰이프가 다르다. 몸은 그 정신을 말하고 그 기능을 말한다. 그만큼 발은 인체의 부위 중 가장 원초적이고 동물적인, 그래서 짐승의 흔적을 가장 많이 남기고 있는 기관이다. 인간이 존립할 수 있는 가장 중요한 힘의 원천이다. 다리가 풀리면 주저앉을 수밖에 없다. 붕붕 날던 사람도 다리를 다치면 좌절挫折할 수밖에 없다. 모든 스포츠, 모든 싸움에서도 다리를 다치면 아무것도 할 수가 없다. 그래서 발은 가장 강하기도 하고 약하기도 한 부위, 가장 감추고 싶으면서도 가장 드러내고 싶은 부위이기도 하다. (가장 아래에 있으면서도 가장 신경 쓰이는 부분이기도 하다.) 마르코스 전 필리핀 대통령의 부인 이멜다의 옷장에서 명품구두 3천 켤레가 발견되었다는 사실은 발이 애욕을 전달하는 매개체이자 자신의 욕망을 과시하는 무시 못할 부분임을 증명한다.

샌들을 보면 고대적 시간이 피어나고, 머나먼 사막이 떠오르고, 바람에 흩날리는 긴 생머리와 긴 치맛자락이 생각난다. 샌들은 인간의 가장 근원적인 욕망, 치장 이전의 구속 없는 자유, 도로 위의 신화적 향기를 내추럴하게 드러낸다. 자유로운 영혼은 샌들을 사랑할 수밖에 없다. 그런데 샌들은 자유로운 육체로 나아가는 지름길을 알려주기도 한다.

비키니

비키니를 입은 비너스

작열하는 태양 아래 화려한 빛깔의 수영복을 입고 해변을 거니는 여성들은 그야말로 꽃 같다. 그들이 없으면 광활한 해변은 선인장만 박혀 있는 사막이다. 메아리 없는 수평선에 불과하다. 그들이 있기에 뜨거운 모래사장 위의 우리는 삶에 대한 맹목적 의지를 불태우며, 바다의 요정 세이렌이 부르는 노랫 소리에 몸을 맡기게 된다.

해변의 여인은 커다란 타자the Other이자 아름다움 그 자체로서 나를 또 다른 세상the other world으로 이끄는, 잡힐 듯 손에 잡히지 않는 머나먼 깃발이다. 그들은 나의 시선을 무시하는 듯 보이지만 경쾌한 몸짓과 웃음으로 한 발 한 발 뒷걸음치며 나를 유혹한다. 서로의 시선을 '무의식적으로' 의식하게 만드는 해변은 서로 어느 정도까지 벗는 것이 허락된 게임의 영토이기도

영화 〈닥터 노〉에서
비키니를 입고 등장하는
우르줄라 안드레스

하다. 모래언덕 윗길만 넘어가도 그곳은 게임의 법칙을 벗어난 경범죄 구역이 된다. 헛갈리는 무법outlaw의 도치…. 그러면 노출의 한계는 어디까지인가. 한 손바닥 안으로 들어오는 분량의 옷으로 우아함과 실용성을 유지하기란 쉽지 않은 일이다. 어떻게 그 작은 옷으로 완전한 복장을 한 것처럼 자신의 권위와 위용을 지킬 수 있을까.

착함과 밝음과 건강함의 세계를 지향하는 수영복과 과도한 의욕을 앞세우며 온전히 타인의 시선만을 주목적으로 하는 수영복은 필드의 대화를 전혀 다른 방향으로 이끈다. 그 몸과 옷과의 자연스러운 일체감, 그리고 조화로움의 수준이 어느 정도이냐에 따라서 그것은 적절함을 획득할 수도, 부적절함을 획득할 수도 있다. 그것은 누드와 네이키드의 차이, 복장服裝과 포장包裝의 차이와 같은 것일 게다. 수영복 중에서도 비키니는 이런 몸과 옷, 노출과 은폐의 절묘한 줄타기를 통해 우리의 육체가 지킬 수 있는 자유로움의 한계에 도전한다. 보는 것과 보여지는 것, 시선과 응시의 부단한 교차 속에서 관음증은 공식적으로 허가받고, 오히려 일종의 장점으로 평가받는다.

나에게 가장 이상적인 비키니를 선택하라고 한다면, 영화 〈닥터 노Dr. No〉1962에 등장하는 우르줄라 안드레스Ursula Andress의 흰색 비키니라고 말하고 싶다. (내가 영국 런던 바비칸 센터Barbican Centre에서 열린 〈007 50주년전Designing 007–Fifty Years of

Bond Style〉2012을 만사 제쳐놓고 찾아간 가장 큰 이유 중 하나가 이 비키니 때문이었다. 50년이 된 수영복의 빛바램, 그것이 주는 소멸하는 것의 유언 같은 것들….)

보티첼리의 〈비너스의 탄생〉1485경처럼 저 멀리 바다로부터 여신처럼 솟아오르며 다가오는 그녀의 포스는 화면을 압도하며 우리의 시선을 고정시킨다. 보티첼리의 비너스가 조개를 타고 상륙한다면 우르줄라는 조개를 들고 걸어온다. 중세로부터 조개는 순결의 상징으로 진주와 함께 성모마리아를 표현하는 데 함께했던 물건이었다. 르네상스에 있어서 비너스와 조개를 연결짓는 것은 마리아에서 비너스로의 전환, 즉 인간의 신격화에서 신의 인격화로의 이동을 의미하는 것이라 할 수 있다. 보티첼리의 비너스가 수영복을 입었더라면 아마도 백색이 아니었을까 한다. 사실 비키니이건 그와 똑같은 형태의 속옷이건, 백색을 '민망하지 않게' 소화하기란 정말 힘들 것이라는 생각을 하게 된다. 흰색은 정말 야한 색이다. 더 확장해보자면 나에겐 흰옷을 입은 여성이 가장 섹시하게 다가온다. 그 궁극의 완벽함, 여백의 충만함 때문에 그럴까. 아무것도 물들이지 않은 백치적인 순결함 때문일까. 하얀 옷은 너무나 많은 것을 담고 있다.

하얀 것이 갖고 있는 이런 이중적 모순에 대한 인식은 어릴 적 간호사에 대한 기억이 만들어낸 것은 아닐까 생각해보기도 한다. '백의의 천사' 간호사 누나는 나에게 주사를 놓고, 또 돌봐

주는 사람이다. 찌름의 통증을 주고, 또 그 아픔을 잊게 해줄 인자한 미소도 준다. 시련도 주고 위안도 주면서 나를 완전히 장악하는 그녀는 여신 같은 존재일 수밖에 없다.

결국 비키니가 말하는 것은 균형과 비율의 자신감이다. 중년과 노년에서 이런 조화의 미덕을 보여주는 몸을 유지한다면, 그것은 신들의 황혼에 걸맞은 가장 아름다운 정장이 될 것이다. 포르셰 컨버터블을 모는 백발의 노신사가 더 멋져 보이는 이유와 마찬가지이다.

클러치

빈손에 대한 위로

레드카펫 위의 디바Diva들은 대부분 고전주의자들이다. 천하지 않은 볼륨감으로 어깨 밑으로 살짝 내려앉은, 아니면 반쯤 틀어 올리며 목선을 강조하는 머릿결은 마치 빛의 폭포인 양 글래머러스한 광채를 머금으며 밑으로 흘러내린다. 광배로부터 쏟아져 내리는 그 빛의 물결은 어깨선을 타고 흘러내리다, 가는 허리를 감싸는 옷의 주름과 하나가 되면서, 움직이지 않은 하얀 손끝에서 머물게 된다. 보티첼리의 비너스, 미켈란젤로의 다비드가 취한 포즈, 그 유명한 "짝다리" 포즈인 콘트라포스토contraposto로 그들은 자신의 미소를 카메라 앞에 방사한다.

여배우가 포토존에 서서 양손으로 답례를 하는 모습은 참 우스워 보일 거다. 때문에 한 손은 살짝 들어 올려 흔들어주고, 다른 한쪽은 몸에 가급적 밀착시키면서 배 위에 올려놓는다. 풋내기

티치아노 〈플로라〉 1515경 피렌체 우피치 미술관

배우가 무대 위에서 가장 힘들어 하는 것이 자연스러운 손 처리 방법이다. 움직이지 않는 손이 거슬려 보이지 않으면서, 소리 없이 연기하게 만들어야 하는 것이 능숙한 배우의 몸놀림이다. 카메라 세례를 받는 어린 여배우가 자신의 불안함을 덜어낼 수 있는 유일한 수호신이자 무기, 그것이 그 가는 손으로 움켜쥐고 있는 작은 백, 클러치이다.

클럽에 갓 도착한 리무진에서 내리는 검은 라이더재킷 여인의 클러치와 파스텔 톤 롱드레스의 우아함과 요정 같은 원피스의 귀여움을 위한 클러치가 다른 광택과 빛깔을 갖고 있을 거라는 사실은 분명하다. 그러나 그것이 이 지독하고 평범한 현실을 벗어나 환상의 피안the other world으로 진입할 때 들고 가는 물건이라는 사실 또한 분명하다. 어쩌면 그것은 꿈과 비현실의 세계로 순간이동하게 하는 요술봉 같은 것인지도 모른다.

많은 이들이 그들의 클러치 속에는 무엇이 들어 있을까, 호기심을 발휘하기도 한다. 궁금하긴 나도 마찬가지이지만 여태껏 한 번도 그 속을 털어본 적이 없다. 그러나 많은 종류의 사람들을 만나 본 경험을 통해 상상력을 발휘해볼 때, 그 사적이고 신비스러워 보이는 것 속에 별다른 물건이 들어 있지 않을 거라는 확신도 든다. 일단 립스틱, 콤팩트가 기본일 것이고, 시공을 초월하기 위한 스마트폰도 빠질 수 없을 것이다. 좀 더 나아가면 담배와 라이터, 정체 모를 알약, 그리고 일회용 용품들?

예전에 주사기까지 상상하는 '불온한' 영화감독을 만난 적이 있는데, 거기에 덧붙여 작은 호신용 무기도 있을 수 있다고 상상해본다면, 참으로 이놈은 너무나 많은 것이 들어갈 수 있는 신기한 물건이 아닐 수 없다. 그렇다! 클러치를 든 여인은 어쩐지 007 영화의 본드걸 냄새가 난다.

샤넬로 대표되는 근대 의상혁명이 도래하기 전 여성의 의상은 대부분이 원피스였다. 모든 옷의 여밈과 잠금이 거의 뒤에서 처리되었다. 영화 〈바람과 함께 사라지다〉1939에서 흑인 하녀가 스칼릿의 옷 입기를 도와주는 것처럼…. 모자도 중요했다. 별별 장식의 모자가 있었는데 예쁜 모자를 사기 위해 공현제1월 6일, 公現祭, Epiphany와 같은 성인St.의 축일에 몸을 파는 처자들도 있었다. 19세기 모자는 당시의 명품백이었다. 르누아르 같은 인상주의 화가들의 예쁜 모자 쓴 여인 초상을 바라보면서 이런 풍속의 이면도 생각해야 한다. 그뿐만 아니다. 장갑을 끼고 양산을 들어야 했고, 옷에 수납 부분, 즉 포켓이 없었기에 핸드백도 들고 나가야 했다. 코트까지 겹겹으로 입어야 하는 이런 '중무장' 속에서 클러치 같은 건 신경 쓸 겨를도 없었을 것이다.

산업화, 도시화를 겪으면서 기성복 시대가 도래하고, 빠른 속도의 시간대에 진입하게 되자, 원피스는 투피스로, 옷의 여밈은 뒤에서 앞으로, 모자의 화려한 장식은 심플한 라인으로 변화했고, 옷에 포켓이 붙기 시작했다. 아마도 이런 현대 의상의 미니멀화 속에서 자신의 개성과 생동감을 표출하는 아이템이 필요했는지도 모른다.

클러치는 반짝임이 없는 중원中原 부분의 지루함을 덜어주는 패션의 꽃다발이라 할 수 있다. 화려한 버클의 벨트가 허리를 가려준다면, 스팽글의 눈부심을 던지는 클러치는 여성의 육체 중에서 가장 부드럽고, 가장 연약하고, 가장 순결하게 빛나는 부위 배를 가려준다. '배의 보조개' 배꼽처럼 귀여움의 극치를 보여주는 클러치, 그것은 패션의 화룡점정畵龍點睛이다.

스카프

낭만의 시작

스카프는 자유와 구속의 중간에서 나부낀다. 그것은 노출의 마지막이며 은폐의 시작이다. 스카프는 여름도 겨울도 아닌 중간 계절에서 빛을 발한다. 그것 때문에 봄과 가을의 시작을 알 수 있다. 극단적이고 고정적인 정지의 끝점이 아니라 변화하고 생동하는 운동의 순간 속에서 스카프는 살아난다. 바람의 존재를 나무의 수많은 잎새들의 움직임에서 느낄 수 있듯이 그것은 영혼의 촛불처럼 흔들리며 존재의 향기를 표시한다. '깃발' 같은 스카프는 있다가 사라지는 것들의 '소리 없는 아우성'이자, 왔던 곳을 향해 흔드는 '영원한 노스탤지어의 손수건'이다.

그림 그리기도 즐겨했던 테너 루치아노 파바로티의 스카프는 언제나 활기찼던 것으로 기억된다. 시선을 분산시킴으로써 비

김중만 〈한복〉 시리즈 2014

대했던 자신의 체형을 가리려고 화려한 스카프를 즐겨 맸다는 설도 있었다. (아마도 호세 카레라스의 경우처럼 자신의 목을 보호하려는 의도도 있었을 것이다.) 턱시도를 입고 무대에서 노래할 때 커다란 행커치프를 손끝에 걸고 흔들면 그의 작은 제스처에도 풍성한 표현력을 관객들은 느끼게 마련이었다. (몽블랑에서는 〈리미티드 에디션 4810〉이라는 파바로티 만년필을 만들었는데 만년필 캡의 골드 도금 클립의 모양은 파바로티의 목에 두른 스카프를 본 딴 것이다.)

갑옷 같은 겉옷을 걸치기엔 약간 과하고, 그렇다고 간단한 셔츠만으로는 약간 부족함을 느낄 때 스카프는 그 중간 지점을 찾는 행복감을 안겨준다. 분명 액세서리와 같은 기능을 하면서도 첨가되고 부가된 사물로서의 존재감이 아닌, 바로크적인 장식미의 화려한 극점을 주도적으로 보여주기도 한다. 옷이 궁극적으로 지닐 수 있는 자유로움과 부드러움을 통해 그것이 둘려진 얼굴은 이상주의자와 낭만주의자, 혁명가와 몽상가의 —또 다른 차원에 몰입하고 있는 중이라는— 표정을 만들어낸다. 최근엔 단순히 머리와 목, 가슴에만 연관되는 것이 아니라 매듭을 매어 셔츠처럼 걸치기도 하고, 허리띠로 대용하기도, 핸드백 손잡이를 장식하기도 한다. (에르메스 스카프의 매듭법 안내문을 참조하라.)

그러나 '옛날 사람'인 나에게 원형적인 스카프의 정서는 머리를 삼각형으로 감싸는 1950~60년대의 전형적인 현모양처의 이미지에 가깝다. 알랭 들롱의 연인이었던 로미 슈나이더Romy Schneider의 청순한 스카프, 촉촉한 눈빛의 류드밀라 사벨리예바 Lyudmila Savelyeva의 따뜻한 스카프도 인상 깊지만, 러시아 리얼리즘 소설이나 회화에 등장하는 카츄샤 같고, 나타샤 같고, 소냐 같은—'구원의 여인상', '어머니 대지大地'의 변함없는 용서의 화신으로서의— 러시아 여인들의 스카프를 먼저 떠올리게 된다. 러시아 리얼리즘의 거장 일리야 레핀이 그린 〈야회夜會〉1881에서의 춤추는 시골 처녀의 활달함과 건강함은 파리하게 야위어 푸른빛이 도는 피부를 지닌 퇴폐적인 귀족 여인들의 세기말적인 취향을 부끄럽게 만든다. 인텔리겐치아의 창백한 무능함은 저 낮은 곳에서 들꽃처럼 강하고 긍정적인 의지로 피어 있는, 노동하는 스카프의 그들에 의해 구원받고, 새로운 빛으로 인도된다.

소비에트 영화 〈병사의 시Ballard of a Soldier〉1959의 첫 장면은 전쟁에서 죽은 아들 생각에 아들이 다녀갔던 큰길로 나온 어머니의 그리운 눈망울로 시작해 시간을 거슬러 올라간다. 마지막 장면은 영원한 이별의 길 끝으로 사라지는 병사 아들의 뒷모습—귀로의 여정에서 남을 위해 모든 휴가를 다 써버리고, 어머니를 찾아와 잠시 동안의 만남만 가질 뿐, 다시 부대로 복귀하는—을 바라보는 어머니의 눈물로 끝난다. 스카프를 한 어머니의

렘브란트 〈유대인 신부〉 1667 암스테르담 국립미술관

그 눈동자는 첫 장면의 눈물 어린 눈동자로 이어질 것이다.

'러시아 최후의 농민시인' 세르게이 예세닌의 〈어머니〉1924의 끝부분은 이렇게 끝난다. "그리고 저에게 기도하는 것을 가르치지 마십시오. 필요하지 않습니다! 이제 옛날로 되돌아갈 것이 없습니다. 당신만이 저에게 있어서는 도움이요, 기쁨입니다. 당신만이 저에게 있어서는 말 못할 빛입니다. 그러니 당신의 불안을 잊으십시오, 저를 그토록 슬퍼하지 마십시오, 자주 한길로 나가곤 하지 마십시오, 예스러운 헌 웃옷을 걸치시고."

혁명의 길 끝에서 〈잘 있거라〉1925라는 시를 남기고 자살로 요절한 서정시인 예세닌이 스카프와 인연이 있다면 그것은 실로 신화적이다. 그가 스무살에 가까운 연상의 여인, '현대무용의 창시자' 이사도라 덩컨Isadora Duncan과 결혼했었기 때문이다. 발레복과 토슈즈를 벗어던지고 인간의 몸에 자유의 바람을 안겨주었던 '맨발의 이사도라'는 긴 스카프가 자동차 부가티 — 영화 〈맨발의 이사도라〉1968에서도 부가티가 등장했으나, 최근 연구는 프랑스 아밀카Amilcar의 그랑 스포르일 가능성을 언급한다.— 뒷바퀴에 걸려 질식사한 전설 같은 죽음을 맞이했다.

최근 우리나라 대통령이 이란을 방문하면서 히잡hijab을 써서 작은 논란이 있었다. 히잡은 아랍어로 '가리다', '격리한다'라는 의미이고, 그보다 더 가리는 차도르chador는 이란어로 '덮는다'라는 의미를 지니고 있다. 쿠란 24장 '빛의 장' 31절에서 여성은 “가슴을 가리는 머릿수건을 써서 드러내지 않도록” 하라는 구절을 이슬람권에서는 그대로 지키고 있는 것이다. 신약성경에도 바울은 여성의 머리를 가리도록 하여 이전부터 내려오는 전통遺傳을 지켰다.

현대사회까지 이어진 종교와 관습의 강력한 힘에 의해 벌어지고 있는 현상이기에 페미니스트들의 표적이 되고 있지만 사실은 이슬람권 남자들도 신 앞에 서는 주요한 예식이나 행사에서 머리를 가려왔다. 요즘도 유대인 결혼식에서 남자는 키파kippah라는 작고 동그란 빵모자를 쓴다. 반 고흐가 “이 앞에서 2주만 보낼 수 있게 해준다면 나의 10년 수명을 바치겠다”던 그림, 렘브란트의 〈유대인 신부〉1667를 보면 —물론 네덜란드인의 결혼식 버전이겠지만— 오히려 신부는 머리를 안 가리고 신랑이 모자를 쓰고 있다. 우리나라에서도 혜원蕙園의 〈달빛 아래 연인月下情人〉18세기 후기 같은 그림을 보면 여성은 외출 시 쓰개치마라고 불리는 장옷으로 자신의 상반신을 가리고, 남자들은 의식을 치를 때 사모관대紗帽冠帶로 격식 있게 차려입는 것이 예도였다.

머리를 무언가로 가린다는 것은 신에 대한 겸손과 정결함, 그리고 믿음의 표현으로 해석하면 될 것이다. 문제는 아직도 그것을 어겼다고 돌로 치는 일이 벌어지는 현실적 체감의 황당함에 있다. 종교는 절대순수를 지향하기에 그런 것이다.

예수(신랑)와 교회(신부)의 결합, 성부(주례) · 성자(신랑) · 성령(신부)의 '삼위일체'를 형상화한 서양의 결혼식에서 요즘 신부는 처음부터 얼굴이 드러난 면사포를 쓰지만, 과거에는 신부 입장 후 예식이 시작되면서 신랑이 신부 얼굴에 드리워진 작은 베일을 걷어주었다. 그때는 혼전순결이라는 이데올로기가 살아 있던 시절이었다. 벗기는 것의 성스러움이 스카프의 흔들림처럼 신비스럽고 설레었던, 낙원의 그늘에서처럼 수줍고 순수했던 시절이었다. 예세닌은 가리어진 것이 없는 이 시대가 재미없었나 보다. 그의 마지막 시는 이렇게 끝난다. "이 인생에서 죽는다는 건 새로울 게 없다. 하지만 산다는 것도 물론 새로울 게 없다."

2

생활의

발견

김중만 〈A Cup of Coffee in the Morning〉 뉴욕 2013

커피

쓰디쓴 인생이 주는 명상

미국 드라마 〈섹스 앤드 더 시티Sex and the City〉1998~2004에서 비쳐진 현대 도시 여성의 경쾌함과 진솔함이 우리나라 여성들, 특히나 오피스레이디Office Lady의 삶 속에 설탕처럼 녹아들면서 만들어진 강력한 우상적 기표는 '투 고to go' 커피를 손에 들고 신호등 앞에 서 있는 여인의 마른 손가락일 것이다. 그녀는 지금 커피가 아니라 어떤 생각을 마시고 있는 중이다.

리얼리티가 결여된 삶, 표피적 감각만이 전부인 삶은 키치Kitsch적이다. 만약 키치적 커피가 있다면 달콤쌉싸름sweet and sour함으로 진실의 순간을 모면케 하는 효과에만 충실한 커피일 것이다. 너무 엄숙하게 말하는 것인지도 모르겠으나 분명 이 세상에는 비록 그것이 인스턴트 커피 한 잔일지라도 나의 인식의 틀 중심으로 몰입하게 만드는, 그래서 어떤 통찰을 가져다주는 커피가 있다. 처음에 커피는 맛으로 시작하지만, 맛이 전부가 아니다. 그 맛을 거치면서 떠오르는, 한 모금 한 잔 마시기 전과 다른, 승화된, 씁쓸하지만 통렬한 '인식의 찌름'이 있어야 한다. 그것이 진정한 커피의 마지막이다.

"커피 한잔 합시다"라는 말은 그 뒤에 수많은 의도가 숨어 있다. 그래서 커피를 마시는 것은 시간과 생각을 마시는 일이다. 커피는 마주보고 있는 사람과의 생각이 오갈 수 있는 미디어media이며, 물을 끓이고 커피를 내리고 마시는 행위까지 모든 과정이 시간예술의 성격을 지니고 있다. 이것은 동양의 다도茶道나 서도書道의 시스템과 다를 것이 없다. 짐 자무쉬Jim Jarmusch의 흑백영화 〈커피와 담배Coffee and Cigarettes〉2003에는 (비슷한 평판과 맛과 역할을 지니고 있는) "환상의 조합combination"인 이 두 물질을 둘러싼 11개의 에피소드가 등장한다. "흙 맛mud"이 나고 손이 떨리는 증세가 와도, 커피와 담배는 끊을 수 없는 중독성으로 우리의 일상에 개입하고, 수많은 대화의 변수를 만들어낸다. 〈르네Renée〉라는 에피소드엔 자신만의 커피 온도와 빛깔을 고수하려는 한 여자와 자꾸만 서비스로 커피를 따라주며 그녀의 법칙을 깨는 남자 직원의 교차되지 않는 관심이 한적하게 그려진다. 커피의 맛은 추가되는 설탕이나 우유 같은 재료가 지닌 맛의 물리적인 뒤섞임으로 이루어지지 않는다. 온도와 빛깔 또한 맛에 화학적인 영향을 끼친다는 것이 중요하다. 식어버린 싸구려 커피가 맛있다고 느껴질 때는 언제일까? 묽어버린 커피의 한물간 빛깔이 의미 있다고 느껴질 때는 언제일까?

음식에 있어 가장 중요한 것은 레시피의 수치적인 혼합이 아니라 그 맛이 살아 피어나게 하는 적합한 온도이다. 남자와 여자의 사랑에서도 적절한 온도가 중요하다. 그들이 원하는 스타일이나 '마음의 형태'의 맞춤만 가지고는 단편적이고 평면적인 사랑으로 끝날 수밖에 없다. 교감하는 언어와 생각하는 피의 온도가 맞아야 한다. 냉혈동물과 온혈동물은 서로 사랑할 수 없다.

1970년대 커피가루에 담뱃가루를 타서 파는 다방이 있었다. 담배꽁초 가루를 커피에 섞었다 해서 일명 "꽁피". 그래서 손님들 사이에 "마담, 이왕이면 '거북선'으로 타줘!"라는 조크까지 등장했다. 메밀국수라고 팔면서 밀가루에 숯검댕이 가루를 섞어서 파는 유해업소를 고발하는 〈대한뉴우스〉를 극장에서 본 적도 있다. 모두가 검은 가루에 대한 부정적 이미지를 배가시키는 식품의 역사였다. 여성이 커피를 많이 마시면 피부가 검어지고, 불임이 된다든지 하는 낭설도 진실처럼 나돌았다. 바흐 J. S. Bach가 자신의 딸이 커피에 빠져 있던 경험을 토대로 〈커피 칸타타〉를 작곡한 것도 커피에 대한 부정적 견해에서 시작된 것이다. 이 곡 중에서 딸 역을 맡은 가수는 이미 노래한다. "커피는 수천 번의 키스보다 달콤하고 와인보다 부드럽다."

트렁크

사람에겐 얼마만큼의 물건이 필요한가

해외여행의 마지막 코스는 입국심사를 받은 후 거대한 검은 입으로부터 쏟아져 나와, 회전초밥처럼 돌아가는 본인의 짐을 찾는 일이다. 떨어져 있던 애인을 기다리듯, 은근히 마음을 졸이게 되는 이 시간을 함께하는 사람들은 모두, 여행의 마지막 비행기를 같이 탔던 그들이다. 어쩌면 타국의 공항 대기실에서 마주쳤을, 뭐 하는 사람인지 추측으로만 가늠했던, 그들 우연의 동행자들의 마지막 인상을 결정짓는 것은 카트에 그들의 여행가방을 올려놓는 길지 않은 순간이다.

긴 시간의 비행에서 오는 피로를 감내할 수 있는 멋과 편안함을 동시에 추구해야 할 '공항패션'만으로 감각의 차별성을 과시하긴 어렵다. 그때 그녀의 손에 낚아채이는 여행가방만이 그녀의 정체를 어느 정도 드러내기도 하는 것이다. 여기서 트렁

피터 아이젠먼·리처드 세라(원안)
〈살해당한 유럽의 유대인들을 위한 기념비〉 2005
베를린 홀로코스트 기념공원

사진 김혜련

크의 가격은 의미가 없다. 루이뷔통의 가죽 트렁크를 몇 단씩 쌓아올리며 퇴장하는 무명의 여성은 오히려 오버일 수도 있다는 생각이 들게 만든다. 어떤 이들은 트렁크에 자신이 통과한 나라들의 스티커를 훈장처럼 자랑스레 붙이고 다니기도 하는데, 운전면허시험에서 연이어 떨어져 너덜너덜해질 정도로 겹겹이 붙인 인세용지처럼 고단하고 남루해 보일 때도 있다.

자신과 가장 비슷한 트렁크가 가장 멋지다. 트렁크는 그래서 나의 분신이다. 트렁크를 끌고 걸어가는 것은 몇 박 며칠 동안 한몸이 될 두 몸뚱이가 걸어가는 것이다. 레일 위에 던져져 생긴 트렁크의 상처는 우리 인생의 기나긴 여정처럼 자연스러운 것이어야 한다. 그 예쁜 빛깔의 캡슐 알약 같던 트렁크도 시간이 지나면 모두 무던한 표정과 빛바랜 몸뚱이를 지니게 된다. 일본의 패션디자이너 요지 야마모토Yohji Yamamoto는 "완벽함은 추하다고 생각한다", "나는 인간이 만든 물건 어딘가에서 흉터, 실패, 무질서, 왜곡을 발견하고자 한다"라고 말했다. 아프니까 인간이다. 인간의 물건이 완벽할 수는 없다. 완벽한 것처럼 답답하고 완고하고 촌스러운 것이 또 어디 있을까.

트렁크 안의 물건들은 익숙한 이곳을 떠나 낯선 타자의 세계에 들어갔을 때 생존할 수 있는 가장 기본적이고 필수적인 것들이다. 영화 〈쉰들러 리스트〉1993에서 볼 수 있듯 죽음의 수용소를 들어갈 때까지 어느 한 유대인이 챙긴 이 땅에서의 마지막 물건들은 결국 하나의 트렁크에 남게 된다. 독일 베를린의 홀로코스트 기념공원the Holocaust Memorial, 건축가 피터 아이젠먼Peter Eisenman과 조각가 리처드 세라Richard Serra의 원안으로 시작된 이 기념비—정식 명칭은 〈살해당한 유럽의 유대인들을 위한 기념비Denkmal für die ermordeten Juden Europas〉—의 광장에 서면 2711개의 직육면체 콘크리트 덩어리들이 거대한 관 같기도, 아니면 유대인들의 버려진 마지막 트렁크 같기도 한 느낌을 받는다.

베를린 중심, 적지 않을 땅값의 그 장소, 망각으로 들어가기엔 너무나 버겁고 무거운 콘크리트의 물성, 비효율적, 비경제적인 공간이 주는 역설적 각성의 효과, 여백의 공간이면서 이미 차 있는 그것들로 인해 산 자를 위한 광장의 기능을 상실한 공간. 콘크리트로 물화된 그 죽음의 추상적 형상들 사이에 서 있으면 결국 한 사람은 하나의 관, 하나의 트렁크로 남는다는 생각을 하게 된다.

다시… 공항의 컨베이어벨트 앞에 섰을 때, 나만의 컬러와 나만의 디자인으로 다가오는 여행가방은 찾기 쉬워 좋다. 남들보다 튀는 여행가방이 편리함을 주는 순간이다. 그래서인지 아티스트들과 컬래버레이션한 상품들이 많아지고 있다. 일상의 물건이 된 아티스트의 작품이 전 세계를 누비며 작가 자신을 홍보할 수 있는 좋은 기회가 된다. 나도 유명한 가방기업 쌤소나이트사의 디자인 공모에 심사위원으로 참여한 적이 있다. 한국의 보자기 모티프를 사용한 작가가 최고상을 수상했었다.
이제 여행가방은 이동 가능한 조각이자 설치미술품이 된다. 여행이라는 변화된 시공간 속에서 여행자의 움직임은 퍼포먼스가 되고, 가방과 함께했던 모든 여행의 궤적은 '과정process으로서의 예술'이 된다.

제모기

무모한 음모론

북방계 종족이 남방계 종족보다 몸에 털이 없다. 추운 기후로부터 몸을 보호하기 위해선 털이 많아질 것으로 생각되지만 오히려 털이 많을수록 직사광선을 피하고, 더위를 식히는 데 도움이 된다. 팔다리의 길이는 몸의 체온 유지 조건과 밀접한 관계가 있다. 북방계 동물이 남방계보다 팔다리가 짧다. 신체 비율상 시베리아 호랑이의 다리 길이는 뱅갈 호랑이보다 짧다. 추의를 견디며 이동하기엔 몸에 다리가 짧게 붙어 있어야 한다. 타민족과 비교해서 우리 민족의 팔다리 길이 비율이 상대적으로 짧다고 하는데 그것은 우리가 북방계 쪽에 가깝다는 것을 증명한다. (최근 벌레 이의 DNA를 분석해본 결과 인간의 몸에서 체모가 상실된 시기는 약 100만 년 전, 옷을 처음 입기 시작한 시기는 17만 년 전인 것으로 밝혀졌다. 인류는 상당 기간 헐벗은 채로 생존한 것이 된다.)

제모기 광고 전단지에 소개된 제모 부위는 끝도 없이 나열된다. "이마 라인, 3자 이마, 눈썹, 볼, 구레나룻, 턱, 어깨, 겨드랑이, 팔상완, 팔하완, 손등, 엉덩이, 남자 성기, 회음부, 음모, 사타구니, 항문, 발등, 엄지발가락, 콧속 털, 귓속 털, 수염, 인중, 목, 뒷목, 뒤통수 라인, 유륜, 흉부, 허리, 등, 복부, 허벅지, 무릎, 종아리…" 우리 몸에서 털이 없는 부분을 찾는 것이 더 쉬울 정도다.

고대 이집트의 신전 종사자들부터 로마의 귀부인들까지 온몸의 제모는 필수적이었다. 중세와 르네상스 시대의 귀족들은 고귀함의 상징인 넓은 이마를 만들기 위해 앞 머리카락을 뽑고 박쥐나 개구리 피까지 발랐다. 로마의 남자들도 네로 황제 이전까지는 수염을 기르지 않았는데 '게으름뱅이' 네로 이후 면도와 제모를 하지 않은 황제의 얼굴이 등장했다. 송진, 밀랍, 설탕을 이용하며 시작된 제모의 도구사는 1400년대 핀셋, 1900년대 면도기, 1960년대 왁싱으로 이어지다가 이제는 레이저로 모근을 파괴시키는 데까지 이르렀다.

•베아트리스 퐁타넬Béatrice Fontanel은 《치장의 역사*L'Eternel Féminin*》2001에서 "흥미로운 사실은 음부의 털은 다른 종에겐 없다는 것이다. 동물은 겨드랑이나 생식기에 털이 없다"고 말한다. 인간에게 음부의 털은 몸통에서 뻗어 나간 사지四肢의 시

쿠르베 〈세상의 기원〉 1866 파리 오르세 미술관

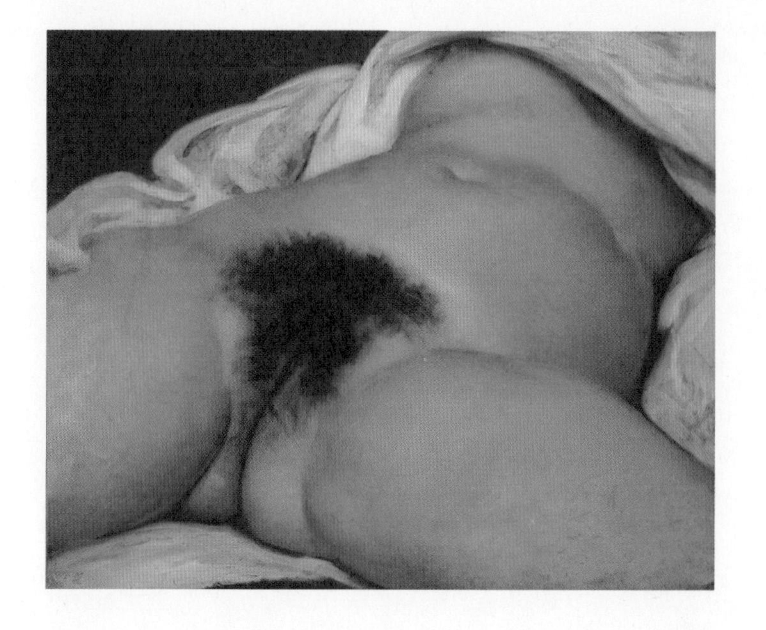

작 부분에 남아 있다. 여성의 체모에 있어서 가장 큰 제모의 목표는 겨드랑이와 음부의 털이라 할 수 있다. 노출이 본격화되기 직전인 1960~70년대까지만 하더라도 우리나라 여성들은 겨드랑이 같은 곳의 제모에 그다지 민감하지 않았다. (영화 〈색, 계Lust, Caution〉2007에선 주연배우 탕 웨이의 겨드랑이 털이 나온다고 화제였다. 리얼한 시대고증이다.)

몸에 털이 없다는 것이 과연 인간에게 유익한 것일까? 야성과 동물성의 징표인 체모는 그 과도함 때문에 혐오감을 느끼게 되는 것이지 그 자체로는 아무 죄가 없다. 각 시대마다의 미적 기준에 의해 체모는 달리 해석되어 온 것이다. 19세기 파리만 하더라도 여성의 겨드랑이 털과 음모는 그 색깔과 냄새로 가장 매혹적이고 관능적인 부위로 보호되었다. 겨드랑이 털을 면도한다는 것은 오히려 음란하고 외설적인 행위였다. 고대로부터 미술사에서 여성의 음모를 표현하는 일은 금기시되어 왔지만 쿠르베의 〈세상의 기원〉1866 같은 그림은 신격화된 육체의 메스꺼움을 고발하며, '세상의 진실'을 적나라하게 목도하게 만든다.

영화 〈지구에 떨어진 사나이The Man who fell to Earth〉1976에서는 얼마 전 타계한 '글램록의 대부' 데이비드 보위David Bowie가 외계인으로 나온다. 사막화가 되어 물이 부족한 어느 행성아마도 화성으로부터 "물의 행성" 지구에 추락한 이 외계인은 변장하여 지구인처럼 살았지만, 자신에게 죽자 살자 매달리는 지구인 여자에게 어느 날 자신의 진짜 모습을 보여준다.

파충류의 눈, 머리부터 발끝까지 아무런 털이 없는 몸으로 침대에 누워, 그 모습을 보고 충격에 싸인 지구 여자와 섹스를 시작한다. 진화인지 퇴화인지 없어진 생식기는 아무 기능도 발휘하지 못하고, 그저 피부와 피부를 맞대는 것으로만, 그리고 마찰되면서 피부에 나오는 체액으로만 진행되는 섹스는 색다른 외계인의 생식 방법을 상상해보게 만든다. 외계인의 몸 같은 플라톤의 자웅동체雌雄同體적 인간형, 남성성과 여성성을 초월한 존재로서의 양성구유兩性具有적 인간상을 궁극의 몸으로 이상화한 시도들도 많지만, 머리카락만 제대로 남겨둔 브라질리언 왁싱은 지구인의 징표를 지우려는 음모陰謀가 도사리고 있는 것 같아 아직은 낯설고 불편하다.

레오나르도 다빈치 〈최후의 만찬〉(부분) 1495~98
밀라노 산타마리아 델레 그라치에 성당

그릇

비어서 가득 찬 그들

하나의 그릇은 흙, 물, 나무, 쇠와 같은 이 땅의 주요 요소들이 불을 통해 응결된 소우주이다. 그것은 '별의 부스러기'였던 인간의 재질로 이루어져 있으며 영혼의 공기가 빠져나간 육신을 화장火葬하게 되면 다시 남게 되는 사리 같은 것이다. 부드럽고 따뜻했던 흙이 불에 의해 제련製鍊되는 과정을 거치면 신기하게도 차갑고 투명한 결정체로 변신하게 된다. 하나의 그릇을 보고 하나의 별을 느끼는 것은 그런 이유인지도 모르겠다. 속세의 먼지와 때를 불사르고 저 높은 곳에서 차갑게 빛나는 정신의 응결체 같은 것이 내 주변에 있다는 것은 무척이나 영감적이다.

그러나 '일반화의 오류'인지는 모르겠으나 내가 만난 도예를 전공한 여성들 중에서 차가운 여자는 없었던 것 같다. 흙과 불을 가까이 한 그들에게선 대상에 대한 직접적인 진솔함과 세상을 포용하려는 넉넉함이 있었다. 우리의 전통그릇들이 주는 졸박함 같은 것의 비공격성이 그녀들에게 있었다. '그늘지고 서늘한 것'을 예찬한 다니자키 준이치로의 《음예예찬陰翳禮讚》1933에서 비교하는, 서양 식탁 은쟁반의 화려한 광채와 동양 식탁 사기그릇이나 질그릇의 은은한 광택의 미감적 차이를 사람에게서도 느낄 수 있다. 투명하게 반사하는 물체가 아니라 무언가 서려 있고 탁한 그늘이 서려 있는 물체 속에 동양의 미감이 존재한다. 그릇이 어머니 대지地母神의 응축된 정신이며, '빔'과 '허虛'의 미덕을 통해 '채움'과 '실實'의 오만함을 부끄럽게 하는 노자 사상의 실체임을 생각해본다면, 그릇은 분명 음陰의 여성성을 품고 있다.

여성들의 다양한 그릇에 대한 관심은 끝나지 않는 엄마의 숙명 중 하나인 요리 때문이라고 할 수 있다. 서구화된 식단에 의해서 전통적인 맥락의 우리 그릇 세팅은 점점 우리의 식탁에서 멀어져간다. 그릇은 그 집안의 문화를 상징하는데 다양한 식탁문화와 식탁예절이 사라지고 집안에서 점차 간소한 식사가 늘어나면서 그릇 또한 그 종류가 축소되고 있다. 몇 미터 높이에서 떨어뜨려도 깨지지 않는 밥그릇류가 웬만한 가정의 식탁 위에서 오랫동안 활약하고 있을 것이 뻔하다. 읽지도 않고 졸부집 책장에 꽂혀진 브리태니커 백과사전처럼, 쓰지도 않고 찬장에 진열된 로열 코펜하겐은 중산층의 키치적 속성을 하얗게 드러낸다.

우리의 가정에 만찬이 사라진 지는 너무 오래다. 삼대三代가 한 식탁에 모여 식사를 하는 장면은 TV 연속극에서나 나오는 시뮬라크르다. 0교시 수업을 가야 하는 손녀딸, 지난밤 야근과 과음으로 쓰러져 있는 가장, 특별한 취미 없이 하루 종일 종편 TV를 틀어놓고 있는 할머니 할아버지, 이들이 식사시간에 완벽하게 겹쳐질 확률은 매우 희박하다. 이런 식문화의 조건 속에서 소위 "먹방"의 기세는 아직까지 여전하다.

방송은 맛의 포퓰리즘을 선도하기에 여념이 없다. 그들에게 맛의 고급화와 보편화는 관심이 없다. 대중들의 순간적인 환호와 "엄지척"으로 맛에 대한 복잡한 담론을 중지시켜버리고, 특정한 레시피로 전 국민의 입맛을 하향 평준화시킨다. 맛과 테이블 세팅, 식당 공간에 대한 미학적 문화적 접근은 없다. 음식 문화에 대한 인문학적 해석—도시학과 지역학, 지리학을 포함한—은 더더욱 먼 얘기다. 인생의 많은 부분을 급식문화에 길든 우리의 입맛이 미묘하고 섬세한 미각을 회복하기란 또 얼마나 어려운 일일까.

레오나르도 다빈치의 〈최후의 만찬〉의 메인 디시는 양고기가 아니라 장어 요리이다. 레오나르도 이전의 다른 많은 〈최후의 만찬〉에선 생선이 통째로 그려진 적이 많았다. "예수 그리스도, 신의 아들, 구세주Iesous Cristos Theou Uios Soter"의 그리스어 첫 글자를 따면 "익투스ICTUS"로 "물고기"란 뜻이 되고 기독교도들의 암호로 많이 사용되기도 했기 때문이다. 또 예수가 희생양으로 비유되기에 양고기로 그려진 적도 있었지만, 벽화 복원

결과 투명한 포도주잔을 통해서 보이는 은색 접시 위엔 토막 난 장어가 오렌지와 곁들여 놓여 있었다.

일본에서 여름에 우나기 데이가 있듯이 로마에서도 크리스마스 밤에 장어를 먹는 전통이 있다고 한다. 지금도 프랑스 요리 중에 장어와 레몬 또는 오렌지를 조합한 요리가 있는 것을 보면, 레오나르도가 예수님이 가시기 전 마지막 저녁 식사 메뉴를 이탈리아 궁정 귀족 음식으로 귀히 대접하려는 의도가 아니었나 하는 생각이 든다. (혹은 밀라노의 최고 권력자 루도비코 스포르차Ludovico Sforza의 메뉴였는지도 모르겠다.) 레오나르도의 식탁을 비롯해서 미술사에 등장하는 식탁을 재현하고 복원하는 음식 방송은 요원한 일일까.

예술에 있어서 내용주의와 형식주의에 대한 비교를 음식과 그릇의 비교로 대신할 수도 있겠다. 내용주의자들은 포도주라는 내용물을 마시는 것이 중요하므로 그것을 맥주잔이든 종이컵이든 무슨 잔에 마셔도 상관없다는 주의라면, 형식주의자들은 포도주는 포도주잔에 맥주는 맥주잔에 마셔야 맛이 있다는 주의라고 할 수 있다. (이상하게도 포도주를 맥주잔에 먹으면 맛이 없긴 하다.) 예술에서 내용이 항상 우선적인 것은 아니다. '그릇-형식'이 '맛-내용'을 완성시킬 때가 있다. 옷이 그 사람의 인격을 완성시킨다는 의상 철학이 그릇에도 똑같이 적용된다는 것은 틀리지 않은 말 같다.

바늘과 칼

오래된 친구들의 대화

우리의 옛 우화 《규중칠우쟁론기閨中七友爭論記》를 보면 우리네 옛 규방의 주요한 일곱 가지 가사 도구인 바늘, 자, 가위, 인두, 다리미, 실, 골무가 등장한다. 의인화된 이 일곱 친구들의 자기 자랑이 이야기의 주된 골자가 된다. 옛 여인네들과 가장 가까운 사물들의 대화는 실은 그것을 사용하는 여인의 목소리이다.

인간의 생존 조건이라고 할 수 있는 의, 식, 주의 깊은 중심에는 여성의 손길과 수고가 자리 잡고 있다. '흙으로 돌아갈 때까지 얼굴에 땀을 흘려야 먹을 것을 얻을 수 있다'는 '최초의 남자' 아담이 받은 저주 이래로, 남자의 노동과 투쟁이 '먹이'의 획득에 있다면, 그 외의 모든 생활의 영위는 여성을 통해 이루어진다. 삶의 방향이 아니라 방식을 창조한다는 점에서 본능적인 남자의 삶보다 여자의 삶이 훨씬 문화적이다.

페르메이르 〈레이스 짜는 여인〉 1669~70 파리 루브르 박물관

어릴 적 나도 실과 시간에 몇 종류의 바느질을 배워 보았다. '기술'이라고 할 수 없는 '지식'을 활용한 때는 군대 훈련소에서 명찰을 달 때나 셔츠나 외투의 단추가 예고도 없이 떨어졌을 때를 포함해서 평생 다섯 손가락 안에 들 정도다. 공그르기나 박음질 기술은 꿈도 못 꾸는 수준이고 대부분이 홈질 정도였다. 바늘귀에 실을 꿸 때마다 '낙타가 바늘구멍에 들어가는 것이 부자가 천국에 들어가는 것보다 쉽다'는 성경 구절의 오역 가능성—그리스어 낙타kamelos와 밧줄kamilos, 혹은 고대 아람어에서 낙타와 밧줄이 똑같은 스펠링 '가믈리gamla'라는 혼동—에 대해서 떠올리곤 했다. 실 끝에 매듭을 만들어 옷 밑에서부터 바늘을 찔러 단춧구멍 위아래로 골고루 들락거리며 단추를 부착시킨다. 마지막은 단추 밑부분을 돌돌 감고, 마지막에 옷 밑으로 바늘을 찔러 또 한 번의 매듭 비슷한 것을 만들고 가위가 아닌 이를 사용해서 실을 끊는다. 매듭과 실이 깔끔하게 떨어지는 경우는 거의 없다. 어차피 우리 남성들에게 주입된 교육의 정도는 임기응변 그 이상이 되지 않는다.

동경 닌교초에 우부케야라는 칼 가게가 있다. 에도 시대부터 230여 년이 된 오래된 점포 입구는 아직도 얇은 나무판과 유리 창문의 옛날 미닫이식 그대로이다. 실질적인 가게 공간은 3평도 안 되는 것 같고, 주인이 작은 옆방에서 들락날락하며 물건을 판다. 나는 가까운 니혼바시의 미쓰코시 백화점을 구경하고 나면 이 동네를 돌아다니면서 동아시아에서 최초로 서구의 근대문명을 적극적으로 수용한 그 시대의 풍경을 되짚어보는 게 언제나 재밌었다.

20여 년 전 우부케야에서 큰 칼날과 손잡이에 검은 칠을 한 전형적인 가위(늘씬한 일본 최초의 서양식 개량 재봉가위)와 함께 족집게, 손톱깎이, 작은 송곳 같은 것을 샀다. 오래된 종이로 물건 하나하나를 능숙하게 포장해주던, 그 당시만 해도 족히 백 세 가까이로 보이던 주인 할머니는 지금 어떻게 되셨을까. 내가 늙어 이 세상을 떠나도 이 가위는 대를 이어 우리 집에 남아 살아 있을 것이다. 바다 건너, 낯선 도시의 어느 구석 노포老鋪에서 벌어졌던, 주름진 손길의 움직임을 끊임없이 기억케 하는, 모든 인연으로 얽혀진 나의 가위 구매 행위는 결코 사소한 에피소드라고 여겨질 수 없을 것이다. 이처럼 내 주변의 모든 물건 속에는 나와 그것 간의 시간대와 공간 이동으로 겹쳐지게 된 '시절 인연'의 작은 역사와 문화가 담겨 있다.

우악스럽고 폭력적으로 보이는 서양 농기구나 철기와 달리 우리의 농기구들은 하나같이 온순하고 착하게 생겼다. 우리의 낫, 호미, 쟁기 같은 것들의 형태는 땅이나 곡물을 상처 내거나 파괴하려는 것처럼 보이지 않고 어루만지고 미안하다 토닥이면서 자기의 할 일을 할 것처럼 보인다. 박물관에 진열된 우리의 옛 칼을 보면 그것은 찌르고 자르는 자상刺傷을 입히는 것이 아니라 타박상으로 적들을 물리칠 것 같다는 생각이 들 정도로 순해 보인다.

안동 하회마을에 가서 작은 소나무 도마를 사고, 용인민속촌 대장간에 가서 과도를 산다. 오로지 그 칼만 사기 위해 일부러 용인까지 가서 입장료를 내고 민속촌에 들어갔다 나온다. 부정형의 타원형 도마 위에 작은 치즈와 과일을 욕심 없이 올려놓는다. 과도의 칼날과 끝은 서양의 '쌍둥이칼'보다도 엄청 무디고 둥글다. 과일의 살을 베는 것이 아니라 떠낸다는 말이 맞을 것이다. 깎인 과일의 면은 날카로운 선이 살아 있기 힘들고, 동글동글 무던해 보이는 것이 귀엽다.

규중칠우는 우리의 의생활과 관계있다. 서양 옷과 우리 옷의 가장 큰 차이는 입체성과 평면성일 것이다. 양복은 몸의 입체적 특성을 부각시키는 방향을 좇는다. 옷장의 옷걸이도 어깨부분을 살려서 걸게 디자인되어 있고, 전시될 때는 마네킹을 사용하여 완전한 피팅 모습을 과시한다. 그에 반해 한복은 개켜서 보관된다. 접고 포개서 장롱 안에 쌓아 놓는 평면화를 지향하는 것이다. 그러나 착용되어 옷 자신의 기능을 발휘할 때 숨어 있던 입체성이 살아나는 한 차원 높은 조형의 이중성이 드러나게 된다.

이런 장점을 서양의 시스템과 접목하는 시도는 굉장히 중요한 가치를 지닌다. 중국에는 근대 상하이 모드와 모던 양복의 결합인 지기 첸Ziggy Chen, 일본에서는 부정형의 포용성과 사무라이 복장의 현대적 해석 같아 보이는 이세이 미야케나 요지 야마모토 같은 브랜드가 전통의 현대화를 성공시켰고 전 세계에 보편적 공감을 불러일으켰다. 그렇다면 늦었지만 21세기 우리 옷의 한류 또한 기후와 풍습과 역사의 결정체인 우리 옷의 고유한 정체성을 재발견하는 데에서부터 시작되어야 할 것이다.

생리대

숭고한 신호

인간에게 가장 가치 있는 것은 무엇일까? 우리는 무엇 때문에 사는 것이며, 궁극적으로 가장 욕망하고 있는 것은 무엇일까? 생명이다. 동물이라는 생명체로서 우리의 존재 이유는 생명에서 시작되고 끝난다. 종교도 예술도 그 생명을 영원히 연장시키고자 하는 욕망에서 비롯된다. 유한함을 극복하고 무한함의 시간대로 들어가려는 그 욕구에서 종교가 시작되었다. 그래서 모세의 십계十戒 중 인간계에서의 최초 최고의 금지된 죄악은 살인이다.

생명은 죽음을 동반하게 되는데 인간의 욕망은 죽음 이후의 삶까지 그려놓고 그 영원한 생명을 확보하려 한다. 어떤 종교는 전생과 내세까지 얘기하며 그 진폭을 넓힌다. 현실주의자들에게 이제 종교는 '거룩한 사기'가 된다. 그러나 종교가 없다면 이 힘들고 억울한 현세를 버텨나가기 힘들다. 종교는 우리 삶의 여백이 되고 그런 의미에서 사후를 보장한 위로가 된다. 그래서 마르크스는 "종교는 아편"이라고 말했나 보다.

내가 만들어 놓은 분신인 작품이 영구적 가치를 인정받으며 시대를 초월해 살아 있기를 모든 예술가들은 꿈꾼다. 내가 낳은 자식이 나의 DNA를 지속적으로 발휘함으로써 나의 흔적이 대를 이어 계속되기를 원한다. 이승에서 좋은 일을 하면 죽어서 좋은 곳으로 갈 것이고, 죄를 지으면 나쁜 곳으로 갈 것이다. 선과 악의 조건에 의한 윤리와 금기가 우리 삶 속으로 개입하는 순간이다.

생명체는 생식을 통해 종족을 이어가야 한다. 인간은 사회성과 문화성을 지닌 섹스를 하지만 그것도 크게 보아 의례화된 생식행위일 수밖에 없다. 짝짓기를 하려면 암수가 결합해야 한다. 짝짓기의 목적을 성취하기까지 말초신경에 어느 정도의 쾌락은 필수적이다. 리처드 도킨스가 《이기적 유전자*the Selfish Gene*》1976에서 말하는, 결국 모든 생물들은 유전자의 자가복제를 위한 프로그램의 기계(도구)일 뿐이라는 주장은 뒤로하고라도 암수는 상대방에게 끌려야 하고 매혹되어야 한다. 암수의 눈을 황홀케 하는 그 요소가 나름대로의 미美라고 할 수 있다. 결론적으로 인간의 가장 중요한 가치인 생명을 유지하기 위한 섹스와 아름다움은 밀접한 관계가 있다. 생명은 섹스에서, 섹스는

김중만 〈동물의 왕국〉 시리즈 케냐 마사이마라 1999

미에서 온다.

이런 생명의 위대한 결실인 임신을 하기 위해 모든 포유류의 생리 주기는 종에 따라 일치하게 된다. 그 주기를 서로의 냄새를 맡으면서 일치시킨다는 설이 있다. 인간은 향수를 쓰면서 그 생리 주기가 달라졌다는 설도 있다. 그래서 같은 공간에서 오래 머무는 여성들의 생리 주기가 맞아떨어진다고 한다. 같은 집, 같은 사무실, 같은 공장에서 일하는 여성들의 생리 주기가 같아진다는 얘기다. 대부분의 동물의 세계에서는 배란기와 발정기를 맞춰 한 번의 사랑을 하고 서로 바람과 함께 사라진다. 사회적 동물인 인간은 그럴 수 없는 처지다.

지구상에 미치는 달의 인력은 물을 품고 있는 모든 생명체에 영향을 미치는데 이것을 보통 28일의 생리 주기와 연결 짓는 생각들도 있다. 생리를 월경月經이라고 부르는 것도 달과의 관계, 더 나아가 음양오행陰陽五行의 순환구조를 떠오르게 한다.

음은 달月이고 양은 해日다. 음양오행에 입각한 가장 오래된 중국의 의학서 《황제내경黃帝內經》에 따르면 여성은 일곱 살 주기로 7세, 14세, 49세, 남성은 여덟 살 주기로 8세, 16세, 64세의 생리적 전환기를 맞이한다. 여성은 14세 때 생리를 시작하여 49세경 폐경을 맞이한다. 남성은 16세 때 몽정을 시작하여 64세경 남성적 폐경을 경험한다. 일반적으로 보아 그렇다. 현대 의학의 발전으로 인간의 수명과 몸의 주기가 예전과는 다르기 때문에 이 기준은 전후로 변동이 있을 수 있겠지만 대략 맞아떨어진다.

그러고 보면, 생리학적으로 보아 여성의 14~49세, 남성의 16~64세가 가장 이성異性적인 특성이 발현되는 시기이며 그 이후와 이전은 사실 생물학적으로 동성적인 경향에 가깝다고 보아도 무난할 것 같다. (남녀에게 있어서 테스토스테론testosterone이나 에스트로겐estrogen 호르몬 분비의 대대적인 변환점이 되는 시기는 중년 이후이다.) 《예기禮記》에서 '남녀칠세부동석'이란 말이 나온 것을 보면 7~8세부터는 이성의 특성을 받아들일 준비는 해야겠지만 말이다.

제1차 세계대전 당시 붕대의 부족한 수요를 충족시키기 위해 미국의 킴벌리 클라크Kimberly-Clark사가 납품한 펄프pulp 재질의 셀루코튼cellucotton이 생리대로 대용되면서 1920년 세계 최초의 일회용 생리대 코텍스Kotex가 생겨나게 되었다. 그 후 50년이 지나서야 우리나라에서도 일회용 생리대가 정식 출시되었고, 1975년에는 가장 기본적인 '접착식 생리대'가 비로소 등장하게 되었다. 그 이름은 '뉴 후리덤'이었다. 여성에게 상당한 정도의 자유와 편리가 허용되기 시작한 순간이었다.

트레이시 에민 〈나의 침대〉 1998
(런던 테이트 브리튼 갤러리 2016 전시 광경)

사진 김승민

침대

가장 적나라한 얼굴

누런 침대 시트, 쓰고 난 콘돔, 빈 보드카 병, 생리혈로 얼룩진 속옷, 일회용 면도기, 말버로라이트 담뱃갑, 담배꽁초, 폴라로이드 사진 등이 쓰레기처럼 널브러져 있는 침대. 이렇게 더러운 침대를 본 적이 있는가. 여기서 허물 벗듯 빠져나간 여자는 얼마나 더러운 여자일까. 아니, 정말, 더러운 여자인 걸까.
아무리 사적이고 사적인 공간이지만, 타인의 시선이 닿을 수 없는 은밀한 공간이지만 이 정도의 광경을 연출한 삶이라면 자신의 무의식에서조차도 타자의 관심과 애정을 포기한 절대고독의 인간일 것이다. 처참하다고 해야 할까, 애잔하다고 해야 할까, 이런 침대를 쓰는 여자의 꿈은 어떤 영화 같은 것일까. 분명 버림받고 내팽겨졌을 것 같은 그 육신의 주인공의 처절한 고백이 들려오는 듯하다.

이 침대의 주인은 yBayoung British artists의 일원인, 영국 현대미술계의 '불량소녀'이자 스캔들메이커인 트레이시 에민Tracey Emin이고, 그 침대는 터너 프라이즈에 노미네이트되어 수상작보다도 화제를 불러일으켰던 〈나의 침대My Bed〉1998라는 작품이다. 2014년 런던 크리스티 경매에서 약 43억 원에 팔렸다.

열세 살 어린 나이에 당했던 강간, 두 번의 낙태와 한 번의 유산 등의 성적 경험은 우울증으로 이어졌고, 수차례의 자살 충동에 몸부림쳤던 작가가 "가슴이 찢어지는 참담함"과 외로움 속에서 나흘 밤을 보낸 후 깨어나 침대를 빠져나오다가 뒤돌아본 순간 바라본 장면을 그대로 설치한 것이다.

후에 "1990년대를 산 어느 여성의 타임캡슐"이라고 덧붙이는 에민은 그 모습에서 장엄함과 숭고함 같은 것을 느꼈다. 자기가 죽고 나면 사람들은 이 침대에 누워 있는 자신의 남루하고 처절한 삶의 풍경을 목격하게 되겠지만, 오히려 이 고통에 찌들어 있는 몰골의 현장이 죽으려 하던 자신을 살아나게 만든 아름다운 장소임을 깨우친 것이다. 그것은 지옥에서 벗어난 생존의 기념비였던 것이다.

이 침대는 분명 사랑과 섹스, 가사와 종교 같은 이중적 구속에 고통당한 현대 여성의 몸부림과 분노의 탄흔이 아로새겨져 있다. 혼자 사는 여성에게 망각의 독주毒酒란? 공허한 담배 연기란? 배고픈 섹스란? 임신의 공포란? 그 모든 것이 벌어진 이

전쟁터 같은 침대란?

자전적이고 고백적인 작품으로 유명한 에민은 “내 삶이 곧 예술이고, 내 예술이 곧 삶”이라며 자신의 진실성을 언제나 대중들에게 여과 없이, 가감 없이 노출시켰다. 침대보다 더 유명한 작품은 1995년에 발표한 〈내가 같이 잤던 모든 사람들 1963~1995 Everyone I Have Ever Slept With 1963~1995〉이다. 간이용 텐트 안에 자신과 잤던 102명의 이름을 “오바로꾸”—고상하게 말해서 아플리케appliqué— 쳐버렸다.

에민의 섹스 연대기라고 언뜻 생각하기 쉽지만 이 이름들 속엔 정중앙 제일 잘 보이게 새겨 놓은 헤어진 애인 빌리 차일디시Billy Childish를 비롯하여 낙태로 태어나지 못했던 아이들과, 자신을 길러준 할머니 이름까지 포함되어 있다. 2004년 ‘영국 현대미술의 재앙’이라 불리는 사치 컬렉션의 런던 창고의 화재로 소실되었고, 에민이 재제작을 거부해서 지금은 사진만 남아 있다. 얼마 전 홍콩에서 아시아 최초의 에민 개인전이 열렸다. 전시 제목은 〈나는 울었다. 널 사랑하기에I Cried Because I Love You〉이다. 에민의 침대 이야기는 아직도 계속되고 있다.

우리 시대의 침실에서 빅토리아풍의 침대, 바로크풍의 침대, 로라 애슐리풍의 침대를 구경하기가 힘들어졌다. 여성의 침실이라 해도 벽지와 침구의 색깔이나 무늬를 통해서 약간의 조정만 있을 뿐, 대부분의 현대식 침실은 비장식적이고 중성적인 경향과 색채를 띠고 있다. 그것이 모더니즘 양식의 특징이다. 오로지 침대를 수면만을 위한 가구라고 생각한다면 기능적인 면에서 볼 때, 심플한 구조와 미니멀한 형태야말로 최적의 조건이 될 것이다. 그러나 그런 생활과 유리된 기능성, 그것도 작지 않은 덩치의 물질성 때문에 잠들기 이전까지의 많은 시간, 그 공간의 효율성을 빼앗기는 것도 사실이다.

먹는 곳과 자는 곳, 쉬는 곳과 일하는 곳이 분리되어 있던 옛날의 생활 패턴과, 그 모든 것이 유동적으로 얽혀져 있는 오늘날 가옥구조 안에서의 생활 양식은 많이 다르다. 집 안팎의 일 사이에 점점 구별이 없어지고, 위대한 전기의 능력으로 밤과 낮의 럭스Lux조차 뒤바뀐 환경 속에서 우리는 생활하고 있다. 분주하고 파편화된 생활 속에서 홀로 쓰는 침대가 많아지고 있다. 부부간에도 생활 패턴과 활동하는 시간대가 다르기 때문에 결혼할 때 산 퀸사이즈의 침대가 대부분 무용지물이 되기 마련이다.

한 인간의 모든 것이 해제되는 곳은 잠과 죽음의 공간, 침실과 무덤뿐이다. 그곳은 자신에게 가장 솔직할 수 있는, 자신의 숨결만이 존재하고 부재하는 적나라한 자신의 얼굴 같은 공간이다. 뭉크의 〈사춘기〉1894~95에는 침대에 걸터앉은 벌거벗은 소녀 뒤로 크고 검은 그림자가 그려져 있다. 그것은 뭉크가 어려서부터 체험했던 가족들의 연이은 죽음의 공포와 연결되어 있다. 그의 〈절규〉1893에서 보이는 공포와 불안은 덴마크의 철학자 키르케고르Kierkegaard가 말하는 유한과 무한, 시간과 영원성, 자유와 필연 사이에 놓여 있는 인간의 근본적인 모순, 즉 부조리한 실존에서 유래하는 불안과 절망을 증폭시킨다. 《불안의 개념》1844에서 키르케고르는 말한다. "만일 인간이 동물이나 천사라고 한다면 불안에 빠지지는 않을 것이다." 그렇다면 가장 인간적인 공간인 침실은 가장 불안한 공간이 될 수도 있다.

내가 본 가장 감동적인 침대가 있다. 러시아의 혁명가 레닌의 침대다. 《러시아 집*Russian Houses*》1991이라는 화보집은 러시아의 농가부터 톨스토이와 같은 유명한 작가와 음악가, 화가 등의 생가를 인테리어 잡지처럼 사진으로 보여주는 책이었다. 온갖 장식과 자기과시로 채워진 집들이 몇 페이지에 걸쳐 다뤄졌지만 레닌 섹션은 달랑 2페이지였다. 보여줄 게 없었기 때문이다. 옛날 병원에서 보던 철제 침대와 하얀 시트, 장작 난로, 조그만 탁자 위에 물병과 대야, 침대 옆 탁자 위의 몇 권의 책 뿐, 반 고흐의 방보다 더 작은 방에서 레닌은 새로운 유토피아에 대한 구상을 했다.

혁명가의 방은 이래야 한다. 불안하지 않는 삶이 되면 고이게 되고 썩게 된다. 수도사의 방처럼 금욕적인 그 방은 그저 고단한 육체가 잠시나마 피신할 수 있는 작은 텐트 같은 유토피아였다. 예수의 방도, 부처의 방도, 탐험가 아문센Amundsen의 텐트도 이처럼 가난했으리라.

여자화장실

절대고독의 공간

여자들만의 공간에서 추방당한 지 오래 되었다. 초등학교 입학하는 언저리에서 엄마는 여탕으로 들어가는 손을 놓아버렸다. 여탕에 가본 적이 있었다는 기억만 있을 뿐 그 안의 풍경은 희뿌연 거울의 그림마냥 아무것도 떠오르지 않는다. 오히려 깨끗이 씻고 덜 마른 머리칼, 쭈글쭈글 물에 불은 손가락으로 엄마 손 잡고 집으로 돌아오던 동네 골목의 냄새가, 그 따듯한 한주먹의 햇살이 기억에 남는다.

여자화장실은 더더욱 인연이 없다. 우리나라에 설치되어 있는 화장실 표지는 남녀가 나란히 서 있고 남자는 왼쪽에 파란색 바지 모양, 여자는 오른쪽에 빨간색 치마 모양으로 그려져 있는 경우가 대부분이다. 마치 결혼식에 선 남녀 같다. 서양식 결혼식에서 신랑 신부가 서 있는 자리는 그 반대다. 하객이 볼 때

오른쪽으로 홍초가 서 있고 신랑이, 왼쪽으로는 청초가 서 있고 신부가 서 있어야 한다. 전통혼례에서도 상좌(주례)를 중심으로 그 위치와 색깔이 맞다. 동東과 양陽을 의미하는 남자가 빨간색이고, 서西와 음陰을 의미하는 여자는 파란색이기 때문이다. 좌우가 바뀌면 제사 신위神位의 위치, 무덤의 남녀 위치가 된다. 시대와 지역에 따라 화장실 표지pictogram의 위치와 색깔이 다르므로 공중화장실 큰 입구에서 좌우로 갈리는 경우 아주 급한 때는 짧은 순간 온 정신을 집중해서 방향을 결정지어야 한다.
요즘은 남녀화장실을 층층으로 구분한다든지, 같은 층이라 해도 반대편에 위치하게 하는 경우가 많다. 남녀화장실이 붙어 있는 경우 바우하우스Bauhaus의 기능주의가 개입되기 이전의 건축 콘셉트를 따른다면, 여자화장실은 가로 벽을 중심으로 남자화장실과 대칭적인 구조를 하고 있을 것이 거의 확실하다. 가로 벽에 붙은 거울과 세면대의 위치, (남성용 소변기만 없을 뿐) 좌변기의 위치는 그대로일 것이라고 추측해볼 수 있다. 그 안에서 벌어지는 에피소드는 영화나 광고를 통해 짐작해보건대 남자화장실보다 무척이나 노골적일 수도 있겠다는 생각이 든다. 남자가 모르는 여자의 밑바닥 본성이 적나라하고 섬뜩하게 표출될 수 있는 비밀의 공간이 될 수도 있는 것이다.
무대 위 배우들의 연기가 정밀하고 교묘할수록 무대 뒤 분장실에서의 배우들의 심리와 행동은 정반대로 풀어지고 해제될 듯 싶다. 여성들의 화장실 가기 전의 표정과 화장실 안에서의 몸짓, 그리고 화장실 밖으로 다시 나올 때의 눈빛은 달라질 수 있다. 각자 화장실 안에서 무기를 내려놓고 전투에 나가기 전의 검투사처럼 전의를 불사르기도 하고, 밖에서 기다리는 남자가 알아차리기 힘든 무언가를 추가하고 점검하면서 무장을 단단히 하는 장소가 아닐까 하는 생각이 든다.

말하자면 여성에게 공공화장실은 도심 여기저기에 마련된 대기실 같은 것이리라. 그 안에서는 '같은 게임'에 참가한 여성들과 마주칠 수도 있지만 대부분의 여성들은 언제 볼지도 모르는 초면의 불특정 다수이기 때문에 '무의식적'으로 자신에게만 몰입할 수도 있다. 남을 의식하지 않을 수 있는 이 시간과 공간에서 자신의 몸가짐을 더 조심하고 더 예의 있게 하는 여성이 나는 좋다. 잠시 후면 핀라이트만 받는 모노드라마의 주연이 될 수 있다는 생각으로 어느 때나 모르는 사람들 앞에서도 자신의 매너를 지킬 수 있는 인격이 고귀하게 느껴진다.

남성과 타인의 시선으로부터 벗어난 가장 자유로운 해방구가, 가장 고독하고 가장 에티켓을 지켜야 하는 장소가 될 수 있는 것이다. 동물의 세계보다 더 구린 화장실을 우리는 너무도 많이 접해봤다. 가장 원초적인, 달리 말해 생리적인 조건만이 충족되어 있는 상황 속에서 인간의 자존을 지킬 수 있는 사소한 것에 대한 성실함이 중요하다. 사소한 것을 중시하면서 일상을

앵그르 〈터키탕〉 1862 파리 루브르 박물관

종교처럼 살려는 마음—내가 이 지구에 태어나 나의 작은 인생이 그 무언가 삶의 이치를 깨닫는 수행의 과정이라는, 진리를 향한 아름다운 여정이라는 인식—은 지극히 평범한 목표 같지만 지극히 어려운 극기의 투쟁을 필요로 한다.

주윤발이 주연한 〈공자-춘추전국시대〉2010라는 영화를 극장에서 정말 지루하고 시시하게 봤다. 그러나 얼마 전 케이블 TV에서 다시 보면서 순간순간 이어지는 공자의 어록에 많은 눈물을 흘렸다. 그저 단순하고 평범할 수 있는 언어들이 내 가슴 깊숙이 들어왔다. 이제야 고전을 곱씹을 나이가 되었다는 말인가. 그래서 가장 중요한 삶의 진실은 지천명知天命에야 깨우치게 된단 말인가.

영화 속 공자의 주유周遊 중에 위나라 황후의 유혹을 받는 장면은 특히나 인상적이었다. 황후가 당시의 남녀상열지사로 느껴졌던 《시경》 300여 편의 내용을 언급하자 공자는 "정은 넘쳐나되 사념에 빠지지 말아야 한다"고 말한다. 인간이기에 당연히 이성에 대한 연정과 연모는 생겨날 수 있으나 삿됨에 빠져 흔들리는 것은 잘못된 길이라는 것을 가르쳐주는 것이다. 한 번 더 만날 수 없냐는 황후에게 공자는 "불편합니다"라고 말하고, 두 사람은 영원한 이별의 맞절을 올린다.

결국 공자의 주제는 '예禮'라는 인간사의 형식으로 귀결되는데 "예가 아니면 보지도, 듣지도, 말하지도, 행하지도 말라"는 사물四勿의 실천과 "나를 이기고 예로 돌아감克己復禮"이 인仁의 기본이라는 깨우침 등은 예수보다 550여 년 앞서 태어난 한 사내가 통찰한 사랑에 관한 본질이다. 사랑은 일상적인 것이고 평범한 것이다. 공자는 위대함과 거창함 속에서 사랑을 찾지 않는다.

단체 여행을 하게 되면 같은 방을 배정 받아, 원하든 원치 않든 며칠 밤을 어느 타인과 같이 지내야 하는 경우가 종종 있다. 세면대, 샤워기, 타월, 화장실을 쓰고 나서 빠져나간 흔적을 보면 그 사람의 본색을 알 수 있다. 가진 것, 배운 것을 떠나 그 사람의 됨됨이를 알 수 있는 순간이다.

아무도 쓰지 않은 화장실, 아무도 쓰지 않은 침대, 아무도 쓰지 않은 부엌은 무서운 곳이다. 누군가 쓰게 되면 어떤 변화와 흔적이든 그 공간에 인과율의 파장을 만들게 될 것이다. 내가 원하지 않는 상황을 남들도 똑같이 겪지 않게 하는 공간으로 남기는 것이 좋다. 그것이 공자적인 공간이다. "내가 원하지 않는 바를 남에게 행하지 말라己所不欲 勿施於人." 공중화장실에 들어갈 때 그곳을 기도실이라 생각하고, 내 애인 침실의 화장실이라 생각하라.

양산

여성의 품격

양산은 그림자가 아닌 그늘을 준다. 혼자만의 그늘 속에서 역광을 받고 서 있는 여인은 아름답다. 요즘 같은 세상에 양산 든 젊은 여성을 보긴 정말 힘들다. 그들에겐 국적불명의 야구모자가 있기 때문이다. 아침에 서둘러 나오느라 머리를 못 감은 경우나 연예인처럼 타인의 시선을 피하고 싶은 경우, 또 성형수술의 회복기를 견디는 데 주로 사용된다. 그러다 보니 챙이 넓은 모자를 쓰고 다니는 젊은 여성도 거의 없다. 바람에 날리는 스커트에 하얀 블라우스를 입고 챙 넓은 모자를 한 손으로 잡고 서 있는 '모던걸'들은 이제 미야자키 하야오의 애니메이션 속에나 살아 있을 뿐이다. (모네의 〈산책, 양산을 든 여인〉1875에서의 눈부신 역광, 미야자키 하야오의 〈붉은 돼지〉1992에서의 정결한 챙 모자와 함께한 바람을 느껴보라.)

모네 〈산책, 양산을 든 여인〉 1875 파리 오르세 미술관

그러니 양산을 든 젊은 여성이라? 눈을 씻고 봐도 찾을 수가 없다. 내가 대학 프레시맨일 때 모 여대 앞에선 꽃무늬 개량한복, 다시 말해 치마 끝이 무릎과 발목 사이까지 내려오는 '깡통치마'를 입고 "구루뿌"(헤어롤, 그립)로 말은 머리로 다니는 여대생을 본 적도 있다. 레이스 양산이 기가 막히게 어울리는 상황이라 하겠다. 별로 멀지 않은 과거이지만 그 당시엔 많은 여대생들이 양산을 쓰고 다녔다. 아마도 여성 자가운전자가 많지 않았던 시대였기에 그랬었고, 백옥 같은 피부미인이 되기 위해서 양산은 필수품이었던 것 같다.

여름이 되면 양산뿐만 아니라, 그 양산에 걸맞은 손수건도 필요했다. 바람 부는 가로수 길목에서 한 손엔 양산을 들고 다른 한 손엔 손수건을 쥐고, 먼 데를 바라보며 서 있는 여성의 모습을 이젠 이 무정한 도시 풍경 속에선 찾아보기 힘들다. 양산 없는 이 시대의 여름은 기다림의 미덕이 사라진 덥고 무기력한 길거리만 만들어낼 뿐이다.

기다리는 사람들이 없는 세상, 기다릴 줄 모르고 자기 자신이 찾아가고, 검색하고, 발견해야 적성이 풀리는 조급한 세상에서 양산은 점점 무용지물이 되어 간다. 귀찮은 양산을 들고 다니기보다는 에어컨이 지배하는 공간 속으로 빠르게 순간이동 하는 것이 스마트한 삶의 진실이다.

나는 해외 대도시에 갈 때면 언제나 제일 먼저 백화점을 찾아간다. 사실 나에겐 일종의 '사업체'인 미술관보다도 백화점이 더 재미있다. 백화점에 가면 그 나라 그 국민, 그 도시인의 현재 삶의 수준을 가장 적나라하게 목격할 수 있다. 내겐 백화점이 가장 핫한 현대미술관이자 살아 있는 박물관이 된다. 일본 동경에 갈 때마다 나는 항상 거의 모든 백화점을 섭렵한다. 백화점 점원이 알아보고 인사할 정도다.

동경의 어느 백화점이든 1층 뒤쪽엔 양산을 파는 코너가 있고 여름이 되면 선물용 양산이 다양하게 구비되어 있다. 양산 문화가 아직 존재하는 것이다. 양산과 함께 자수 들어간 손수건, 부담스럽지 않게 얌전한 챙 넓은 모자, 향기 나는 작은 쥘부채, 망사로 뜬 장갑에까지 이르는 것을 보면, 여기는 우리보다 더워도 이런 격식이 아직 남아 있구나 하는 부러운 상념에 젖을 때도 있다.

이제 양산은 실용적 사물이라기보다는 품격의 잔존물로 남아 있다. 그것은 양복 입은 남자가 지팡이를 들고 다니는 것과 마찬가지의 정서를 지닌다. 결국 근대적 패션의 우아함을, 편리함이 모든 것을 해체시키기 이전의 순수함을 상기시켜준다. 멋은 많은 부분 격조에서 비롯된다. 멋은 쓸데없는 것들이 뿜어내는 상상력에서 나온다. 패션은 기능성이 아니다. 지적 사치이다. 더운 한 철을 통풍 잘 되는 쫄쫄이 스포츠 티셔츠만으로, 추운 한 철을 집채만 한 패딩 점퍼만으로 날 수 없는 이유는 거기에 있다.

손뜨개

사랑, 그리움, 수줍음의 결정체

손뜨개를 요즘 여성들이 좋아한다는 소문은 반가운 얘기다. 그것이 지하철 손바닥 위에 있는 스마트폰 게임처럼 킬링타임용으로 벌어지는 행위라 해도, 망각의 시간을 낚는 그물짜기라 해도…. 근대 산업화 이후 머신메이드machine-made의 시대가 너무 길었다. 핸드메이드hand-made의 귀환은 지금의 디지털 시대에 참으로 반가운 얘기다.

이 세상에 하나밖에 없는 것을 소유하고 향유한다는 것은 자기 자신을 더욱 스페셜하게 만드는 일이다. 핸드메이드는 우리의 할머니 할아버지 시대의 모드를 지금 이 순간에 나의 것으로 스며들게 만드는 축복 같은 일이다. 한 세대가 30년이라 할 때 기껏해야 나의 출생의 30년 언저리에서 90년 이상의 감성을 느낄 수 있다는 삶의 진폭이 애틋하다.

페르메이르 〈테이블에 앉아 졸고 있는 여인〉 1657 뉴욕 메트로폴리탄 미술관

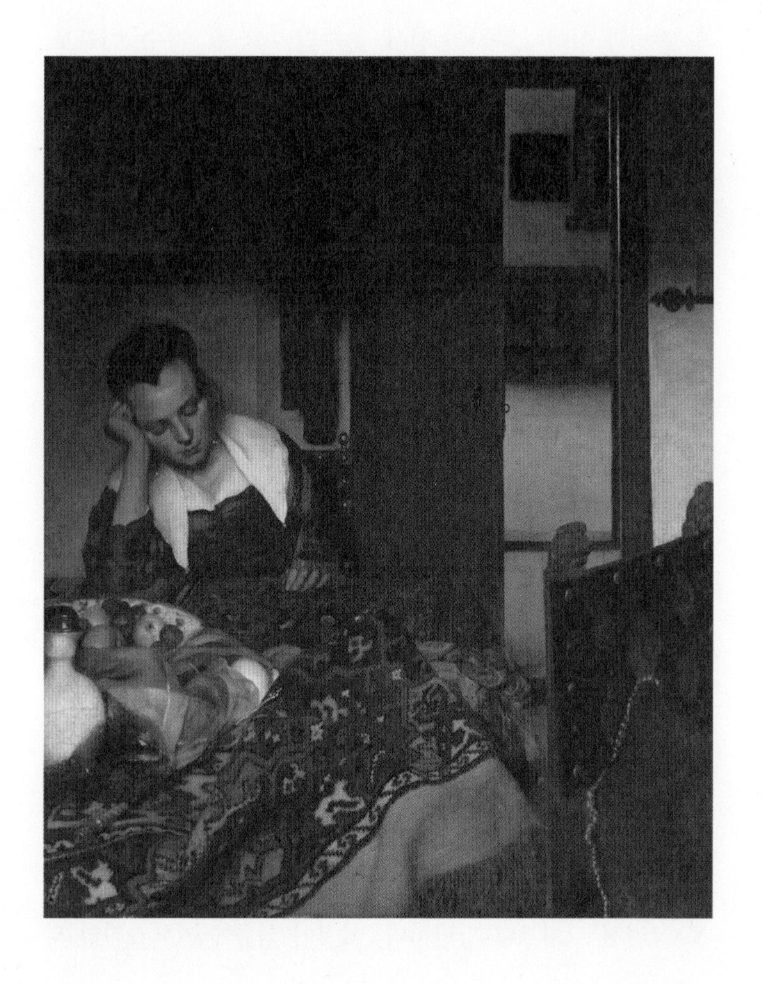

그리 멀지 않은 시대에 웬만한 집엔 "싱거 미싱Singer sewing machine"이 하나씩 있었다. 지금은 그 재봉틀 받침대가 인테리어 소품으로 쓰이고 있는 시기이지만…. 신상옥 감독의 〈사랑방 손님과 어머니〉1961의 정서. 손수건, 바느질, 자수, 이불보, 책상보의 코릿한 냄새. 현모양처의 정숙함과 가난한 가장의 페이소스가 어우러지던 그 시대. 산업화와 도시화의 초입에서 가장 인간적인 가정의 모델이 다가오는 것은 일종의 눈물 어린 노스탤지어이다.

봉급날 늦은 밤 귀가한 아버지가 돈 봉투를 엄마에게 건네주던 그 모습을 졸린 잠결에 깨어 쳐다보곤 했던 어린 시절의 기억이 있다. 지금은 온라인 통장으로 옮겨져 수치상의 돈만 있을 뿐 지폐로서의, 물질로서의 봉급은 만져보기 힘들다. 그러니까 돈에 대한 감각도 사라져버렸다. 우리의 손엔 차디찬 플라스틱 카드만 남아 있을 뿐. 뜨겁지 않은 돈에 미지근한 삶만 남는다.

손뜨개의 따뜻함은 물건의 그림이 완성되기까지의 모든 시간, 기다림과 정성의 과정으로 짜여진다. 손뜨개는 실로 된 물감으로 그려진 마음의 파문波紋이다. 실은 입체적인 선과 색이며 그 실의 돌출된, 물질화되어서 올라오는 질감 때문에 똑같은 색으로 그려진 그림보다 강렬하다. 이것이 섬유예술(텍스타일)의 생명력이다.

재독화가 세오Seo는 붓으로 칠했을 필획과 색면을 색 한지로 찢어 붙여 작업을 한다. 물감 색과 한지의 색은 그 강도에 있어서 다르다. 강렬한 한지의 색채적 휘발성은 우리가 알던 한지의 수동적인 뉘앙스와는 엄청 큰 차이를 보여준다. 반 고흐의 단속적인 선은 화면에 빛을 새겨 놓은 것이기에 자개를 박아 놓은 그림과 다름없다. (고흐는 그리기에 앞서 여러 가지 색깔의 털실을 뭉치로 감아보면서 색채의 조합과 화면의 배색을 시험해보기도 했다.) 컬러풀한 상감象嵌청자의 기법처럼 카펫은 해체와 집약의 강렬한 에너지를 발산한다.

세르게이 파라자노프의 시적인 영화 〈석류의 빛깔〉1968에도 카펫이 등장하지만, 이란의 모흐센 마흐말바프Mohsen Makhmalbaf 감독의 영화 〈가베Gabbeh〉1996, 카펫의 이란어는 하나의 페르시아 양탄자에 새겨진 한 여인의 소박한 인생과 러브스토리를 들려준다. 그것은 물과 바람의 실이, 꽃과 하늘, 그리고 열매의 염료와 함께 그려낸 마음의 화문花紋을 담았다. 흐르는 개울물에 카펫을 널어놓고 세탁하는 장면은 지극히 자연적이고 순리적인 광채를 발휘한다. 카펫을 세탁하는 물 흐르는 현재, 흐르는 물 아래에서도 굳건하게 버티고 있는 문양의 설화. 허구 같은 현실과 진실 같은 환상의 직조는 영화 자체를 하나의 카펫이자 시로 만들고 있다. 여성의 가사노동과 그들의 노동요는 오랫동안 쉬지 않고 흐르는 강물처럼 이 땅의 모든 것을 감싸 안으며 어루만진다. "삶은 빛깔! 사랑은 빛깔! 여자는 빛깔! 아이는 빛깔! 사랑은 고통!"

견우직녀 설화는 동서양을 관통하는 일관성을 보인다. 농경문화와 의복문화가 본격화된 신석기 시대 이후의 생활을 반영하는 이야기 구조를 지니고 있다. 이 설화는 농경문화와 유목문화의 갈등을 반영한 것일 수도 있고, 더 나아가 직녀가 상제의 딸인 것을 보면 신분상의 이유로 이루어질 수 없었던 사랑의 기원을 상징화한 것일 수도 있다. 신석기 시대 이전의 의복이 짐승의 가죽을 직접적으로 활용했다면 신석기 이후에는 바늘과 베틀의 북을 통해 일차원적인 의복 제작을 벗어나게 된다. 유목문화와 농경문화 속에서도 —양치기와 소몰이라는 목동의 차이가 있지만— 바느질과 길쌈에 몰두하는 직녀의 이미지는 동일하다.

씨줄은 기둥이 되고, 들고 나는 날줄에 의해 교차되면서 문양은 완성된다. 직선이 만들어내는 곡선, 곡선 속에 깃든 직선. 수직선과 수평선의 얼개 속에서 곡선이 피어나고, 점과 점을 연결하는 잔잔한 픽셀들은 지극히 아날로그적인 수작업 속에서 이진법으로 짜인 디지털 형상을 만들어내기도 한다. 뜨개의 채색은 염료를 입힌 양모나 면실이라는 대표적인 두 재료로 이루어지는데 그 색깔의 깊이에 따라 발광 효과가 다르고, 고급스러운 빛깔의 울림이 생겨난다.

손뜨개는 이 세상에 하나밖에 없는 물건을 만들어낸다. 그것도 한 올 한 올 한 땀 한 땀 자신의 정체성으로 아로새긴 정신적 응결체로 남게 된다. 그런 것이 진정한 예술이다. 작가의 영혼이 아로새겨진 진실의 결정체. 그래서 그 작품 속에 그 작가의 영감과 손맛이 시대를 초월해 남아 있는 작품. 그것이 진짜 그림이다.

루이즈 부르주아는 엄청 주름진 얼굴을 갖고 있었지만 그 생각이 참신성을 놓치지 않았기에 그의 손이 닿은 모든 것들은 허심하면서도 신선한 젊음의 기운을 품게 되었다. 구멍 난 나의 양말 속에 전구를 집어넣고 정반대의 색실로 어슷어슷 바느질로 꿰매주신 우리 할머니가 내 곁에 온 루이즈 부르주아였다. 할머니의 주름진 손과 그 손이 만들어 놓은 시대가 그립고 부럽다.

3

욕망의 모호한 대상

김중만 〈배우 장진영〉 서울 2007

립스틱

마음이 드나드는 문

입은 우리 몸에 난 가장 큰 구멍이다. 구멍은 네거티브적인 성격을 지니고 있기에 그 수동적인 측면을 강조하기 위해선 어둠의 공간을 넓히는 것이 필요하다. 크고 깊은 구멍일수록 여성성과 포용성이 강조된다고 믿었던 고대 일본인들은 그래서 치아까지 검게 칠하는 화장법을 개발했다. 거대한 구멍으로서의 여성, 양陽이 아닌 음陰 자체로서의 존재를 생각했던 것이다.

얼굴에서 가장 큰 표정을 지을 수 있는 것도 입이다. 때문에 화장할 때 가장 큰 효과를 볼 수 있는 곳도 입이다. 현대에 들어와서, 특히 서구적 시점에서 입은 적극적 심리 표현의 도구로 사용되고 있다. 입이라고 말하지만 사실 그것은 입술의 형태를 가리킨다. 입술의 움직임은 자신의 심정을 표현하는 또 하나의 언어가 되기에 입술의 모양이나 색깔은 —노란 스마일배지나

스마트폰의 수많은 이모티콘의 표정까지— 그 자체가 '말하는 패션'이 되기에 충분하다.

얇은 입술과 두툼한 입술, 엷은 색깔의 입술과 진한 색깔의 입술 등이 상대방에게 전해주는 메시지는 분명 다르다. 영화 〈베티 블루 37°2 37°2 Le Matin〉1986의 베아트리스 달의 빨간 립스틱이 칠해진 두꺼운 입술, 그리고 그 틈으로 보이는 크게 벌어진 앞니는 여주인공 베티의 캐릭터를 뜨겁게 증거하며 영화 전체의 색감을 장악한다. 스토리텔링이 담겨 있는 입술. 입술 하나가 영화의 모든 것이 될 수도 있다.

자신의 심정을 색깔로 드러내는 입술은 마음의 신호등 같은 것이다. 그것은 립스틱이라는 마법의 스틱에 힘입어 표현된다. 그러나 그 작은 막대는 마음뿐만 아니라 육체를 포함한 모든 것을 표현할 수도 있다. 에밀리 브라우닝이 주연한 영화 〈슬리핑 뷰티Sleeping Beauty〉2011에서는 란제리만 입고 서빙하는 비밀 요정의 마담이 일을 처음 시작하는 여주인공에게 립스틱 색깔을 지정해주는 장면이 나온다. 그녀의 '자연의 문'과 같은 색깔로 칠하라는 것이었다. 일관성과 통일감이 주는 아름다움? 젖꼭지와 음부와 함께, '드러난 내피'로서 입술은 유일하게 우리의 시야에 노출된다. 노출된 속살은 육체적인 의미에서뿐만 아니라 존재론적인 의미에서도 인간의 '겉'과 '속'의 경계와 그 뒤바뀜에 대해서 생각하게 만든다. 립스틱은 인간의 내면과 외면의 가장 얇은 경계와 관계 깊은 물건인 것이다.
자연적인 입술의 색깔을 유지하며 광채를 부가하는 것이 최근의 자연스러운 화장법이라 한다면, 사실 최초의 립스틱은 얼굴을 스페셜하고 드라마틱하게 연출할 수 있는, 어찌 보면 성형에 버금가는 변신을 목표로 하는 도구였다. 화장은 특별한 날에 시작하는 거울 앞의 의식이다. 색조화장이라는 것이 평상시와 다른 분위기로 얼굴빛을 바꾸는 것인데, 아이섀도와 볼터치와 립스틱 중에서 립스틱은 가장 간단하고 신속하고 강력한 효과를 내는 화장 도구임이 분명하다.
그렇게 본다면 립스틱은 오히려 화장하는 자신의 마음을 감출 수 있는 무기가 된다. 자기 욕구의 표현이기도 하지만 자기 욕망을 감출 수 있는 속임의 방법으로도 사용될 수 있는 것이다. 이제 립스틱 색깔로 그녀의 심리 상태를 가늠해보는 일도 100프로 정확하다고 할 수 없게 된다. "립스틱 짙게 바르고" 새로운 결의를 다짐하는 그녀의 입술에서 순정을 확인하기란 쉽지 않은 일이다.
시대마다 계절마다 유행하는 색깔이 있지만 나에게 있어서 립스틱의 영원한 클래식은 분홍과 진빨강이다. 분홍색 립스틱은 4월의 첫사랑, 봄날의 청순함을 떠오르게 한다. 빨강을 향해서, 성숙과 풍만함을 향해서 출발하는 수줍은 인생의 시작을 회상하게 만든다. '미숙한 빨강' 분홍이 다시 못 올 것의 아련함을 준다면 립스틱의 대명사 '루주rouge'는 인생에서 가장 아름답고 행복한 순간인 화양연화花樣年華에 감도는 색깔이다. 민낯이 살짝 비칠 정도의 진하지 않은 화장에 아무것도 섞이지 않은 빨강 "루주 1번"을 바른 여성은 쿨하다. 깨끗하다. 순도의 정점을 보여준다. 마치 그녀의 붉은 마음을 자신 있게 펼쳐 보이듯이….

모자

머리 위에 피어난 꽃

20세기 초까지 거의 모든 여성은 외출 시 실내외를 막론하고 모자 착용이 필수였다. 아마도 고대부터 내려오던 관습의 연장이었을지도 모른다. 성경에 보면 남자와 달리 여자는 머리에 무언가를 덮어야 했고, 그것이 웨딩드레스의 면사포에까지 이어졌으니 말이다.

모자가 여성들의 광고판 역할을 하며 장식성이 극도에 다다랐던 시기에는 꽃, 박제한 새, 깃털, 과일 등 상상 이상의 장식으로 무거움이 더해졌다. 파리나 날벌레가 따라다녀도 여성에게는 자존심으로 버텨야 할 패션의 필수 아이템이었다.

근대 부르주아의 과시적 취향 때문에 특히나 장식적인 모자가 주목받았는데 파리의 처녀들은 저마다 경쟁적으로 가장 화려하고 복잡한 모자를 갖기 위해 몸부림쳤다. 처지에 맞지 않게

영화 〈킹콩〉에서 클로슈를 쓴 나오미 왓츠

값비싼 모자는 그들의 신분을 가릴 수 있는 그 시대의 '잇 아이템it item'이었다. 인상주의자들은 여성의 몸에 장식된 꽃들을 일종의 정물화처럼 그렸는데 르누아르의 꽃모자 역시 꽃 자체라기보다는 그 꽃말과 색채를 통해 여성의 속마음을 대변하고 있다. 르누아르는 아름답지만 지나치게 사치스런 모자와 함께 그 "득템"에 뿌듯해하는 처녀들의 미소를 그림으로써 부르주아의 속된 욕망을 은근히 내비쳐준다. 그의 그림 속 어떤 '현대식' 여성들은 이미 그런 모자를 벗고 다니며 신분의 라벨을 감춰버리기도 한다.

영화 〈마이 페어 레이디My Fair Lady〉1964에서 꽃 파는 처녀였던 오드리 헵번이 귀부인으로 변신했을 때 신분의 변화를 가장 비주얼적으로 보여주는 것이 모자이다. 뮤지컬적인 스펙터클로 낙천적인 장식들이 팝콘처럼 피어오른 챙 넓은 모자가 샤넬의 심플한 테의 시크함이 담긴 모자보다는 훨씬 인간적인 것이 사실이다.

나에게 노스탤지어를 불러일으키는 패션의 시대는 소위 '재즈 에이지Jazz Age'라 불리는 모더니즘의 발흥기이다. 1920년대 '위대한 개츠비The Great Gatsby', '코튼 클럽The Cotton Club'의 시대, 모던보이와 모던걸의 시대까지는 적어도 격식이란 것이 남아 있었다. 남자도 중절모에 코트를 입지 않으면 외출을 하지 못했다. 예절과 격식이 위선적이고 가식적인 무게를 지니고 있을

지 몰라도, 그 형식이 지닌 인간의 구속은 인간을 긴장케 하고 인간이 동물과 다른 그 어떤 존재임을 확인케 해준다. 매너가 신사를 만든다.

러시아 형식주의의 문예비평에선 예술은 격세 유전, 방계 유전한다는 말을 한다. 나에게 아버지는 갈등과 극복의 존재이고 나의 이상은 할아버지나 삼촌의 경력과 같다. 나에게 있어 패션의 이상향은 할아버지가 총각 때 입었던 옷들과 액세서리에 있다. 시인 이상이 백구두를 신고, 빅터 축음기로 클래식을 들으며, 제비다방에서 커피를 마시면서 주머니에서 줄 시계를 꺼내 보던 풍경이 극상의 편안하고 느긋한 황금빛 멋을 보여준다고 생각한다.

그래서인지 여자 모자 중에서 지금도 가장 눈이 가는 모자는 종 모양의 클로슈cloche이다. 1917년에 등장하여 1920년대 대유행을 한 이 모자는 피터 잭슨의 최신판 〈킹콩〉2005에서 여주인공 나오미 왓츠가 오버코트와 함께 푹 눌러쓰고 나와 근대 도시 여성의 발랄함을 발산했다. 당시에는 클로슈를 한쪽 눈이 가려질 만큼 눌러써서 이마를 가리고, 눈썹으로 유행의 시작점을 삼는 것이 패션의 미덕이었다.

클로슈는 에드워드 호퍼의 그림에 등장하는 여성들의 외로움을 극대화한다. 〈자동판매기 식당Automat〉1927에서 소실점으로 사라지는 실내 조명들을 반사하고 있는 커다란 창을 배경으로 탁자에 홀로 앉아 있는 초록색 코트의 여인은 한 손에만 장갑을 낀 채 자판기에서 나온 커피를 마시고 있다. 노란색 클로슈는 창틀에 놓인 빨간 꽃 장식과 함께 우리의 시선을 끌어당기며 심야의 어둠 속으로, 고독의 심연으로 이동하게 만든다. 〈중국 음식점Chop Suey〉1929에서 실내로 들어오는 햇빛은 분명 겨울빛이다. 그녀들의 빨간 입술은 눌러쓴 클로슈 아래 찬란하다. 빨간 간판 글씨 SUEY는 섹스라는 활자를 연상시키며 도시 여성의 가슴 속 공허함과 심란함을 역설적으로 부각시킨다.

요즘 여성에게 모자란 장식용이라기보다는 방한용이거나 자외선 차단용이다. 이상하게 부풀어진 머리를 가릴 때나 머리를 감지 못하고 피치 못할 사정으로 외출할 때 주로 요긴하게 사용되는 실용적 물건이다. 야구모자나 스냅백은 아직까지는 젊은 여성에게 어울린다. 이건 편견이라기보다는 조용한 의견이다.

마스카라

클라이맥스와 대파국

화장의 화룡점정은 마스카라다. 마스카라를 한 눈과 하지 않은 눈 사이에는, 화장한 얼굴과 민낯의 간격을 월등히 초월하는 거리가 있다. 마스카라는 여성의 '완전무장'을 정밀하게 완성시키는 화장의 극점이다. 그리고 예측 못할 무너짐의 위기를 품고 있는 아슬아슬함의 절정이다.

마스카라의 어원이 가면, 복면, 즉 마스크mask를 뜻하는 스페인어 마스카라máscara에서 왔다는 설이 있다. 눈 하나, 속눈썹 하나에 관한 작은 치장이지만 전혀 상반된 인상의 결과를 가져오는 이 화장 도구로 인해 여성은 강렬하게든 비범하게든 자신의 눈동자의 표정을 깊숙이 숨길 수 있다. 반짝이는 눈빛을 강조할 수도, 아니면 어둠이 그 눈빛을 머금게 할 수도 있는 것이다. 그래서 마스카라를 한 눈동자에서는 수풀 사이, 숲 속 나무 틈

파블로 피카소 〈우는 여인〉 1937 런던 테이트 모던 갤러리

새로 비치는 달빛과 별빛의 신비스러움까지 느껴진다. 숯처럼 검은 마스카라 안에서 "사랑의 연기가 눈에 들어간Smoke gets in your eyes" 슬프도록 영롱한 눈빛은, 모호한 광채로 산란散亂하며, 벨 에포크belle époque의 호박빛 나른함을 은은하게 방사한다.

동양화에서 말하는 전신사조傳神寫照나 기운생동氣韻生動은 그려진 대상의 윤곽과 형태보다는 그 대상의 깊은 곳에 숨어 있는 정신을 드러내 생생하게 느껴지도록 그리는 것이 중요하다는 의미이다. 정신은 눈을 통해 드러나는데 모든 자연에는 눈이 있다. 꽃에도, 물에도, 산에도, 의자에도 그들의 눈은 불꽃처럼 빛난다. 그 혼불을 찾아내어 화폭에 담는 것이 화가의 숙명이다. 특히 모든 초상肖像의 최후는 눈동자 속에 정신을 담아내는 일이다. 그 눈동자를 어떻게 그려내느냐에 따라서 살아 있는 화상畵像이 될 수도, 망친 그림이 될 수도 있다.

김동인의 단편 〈광화사狂畵師〉1935는 그림 속의 눈동자에 얽힌 이야기다. 미와 추, 이상과 현실의 갈래 속에서 번민하는 인간의 존재적 비극을 탐미주의적으로 보여준다. 화공畵工 솔거는 최고의 미인도를 그리려 하지만 자신의 추악한 얼굴 때문에 실제 여성을 접할 수가 없다. 어느 날 눈먼 처녀를 만나고 용궁 이야기로 꼬여 그림—얼굴을 제외하고 미리 그려놓았던—을 드디어 완성할 수 있게 된다. 그러나 눈동자만 그리지 못한 채 그 처녀와 정을 통하게 되는데 다음 날 아침 처녀의 눈동자는 애욕의 눈으로 변해 있었다. 솔거는 본래의 순수한 눈을 되찾기 위해 처녀의 목을 조르다 처녀는 쓰러져 죽으며 벼루를 엎게 되는데 거기서 튄 먹물이 미인도의 눈동자 자리에 정확히 떨어져 그림은 완성된다. 먹물이 번지며 그려낸 홍채의 기묘함. 그것은 원망의 눈동자를 지닌 미인도. 솔거는 미쳐 방황하다 그 그림을 품은 채 죽게 된다.

동양화의 먹물은 숯가루를 머금고 있는 물이다. 마스카라는 "눈썹먹"이라 불리는 숯가루의 응결체이다. 아이라이너가 보조적이고 캐주얼한 태도를 보여준다면 마스카라는 일상성을 탈피하려는 적극적인 의지를 강렬히 드러내준다. 마치 굽 낮은 단화를 신고 살다가 어느 날 하이힐을 신고자 결심하는 것과 마찬가지다. 이렇게 불편함을 감수한 자존김이 마스카라의 철학이다. 위아래의 속눈썹에 일종의 '흑채'를 뿌림으로써 길고 윤기 있는 속눈썹을 만들어간다. 거기에 눈썹 집게를 이용해서 곡선을 만들어준다. 상승의 곡선은 단지 형태상의 변화가 아니라 얼굴이 표현하는 드라마의 클라이맥스를 지향한다.

1970년대 초 맨해튼의 단추제조업자 N. G. 슬레이터는 미소 짓는 얼굴 배지와 아플리케를 생산했다. 세계적으로 유명한 이 노란 스마일 부호는 오직 눈과 입으로 표현된다. 인간의 희로애락을 표현하는 데 있어 그 무엇보다도 결정적인 영향력을 미치는 것이 눈과 입의 곡선임을 보여준다. 재미있는 사실은 열린 입에서 치아가 보일 때 인간과 동물 간의 감정 상태가 다르다는 점이다. 주로 인간은 웃을 때, 동물은 성났을 때 치아를 드러낸다.

치아를 드러내며 우는 여인은 보기 드물다. 그러나 피카소는 애인 도라 마르Dora Maar를 모델로 해서 파편화된, 그야말로 "박살 난" 얼굴을 보여준다. 눈물의 가뭄기인 요즘 시대엔 그렇게 넋 놓고 우는 여자를 발견할 수 없다. 그의 큐비즘적인 초상 〈우는 여인〉1937은 파괴된 원근법의 시점 속에서 절규한다. 영화 〈다크나이트The Dark Knight〉2008에서 조커 역을 맡은 히스 레저의 분장만큼 흉측하다.

프랑코 제피렐리Franco Zeffirelli 감독의 〈나사렛 예수〉1991에서 죽은 예수를 끌어 앉고 절규하는 올리비아 허시Olivia Hussey의 폭우 같은 울음, 비토리오 데시카Vittorio De Sica 감독의 〈해바라기〉1970에서 그 큰 입으로 오열하는 소피아 로렌의 얼굴은 참으로 지울 수 없는 이미지다.

분수처럼 사방으로 번지는 마스카라. 우는 여인의 눈에서 '검은 국물'이 흘러내리는 순간, 여자의 자존심도 함께 무너져내린다. 온갖 내공과 정성을 들여 만든 최상위의 화장술은 실패한 화룡점정의 그림이 되어 폐기처분될 아침을 기다린다.

시스루

패러독스의 시선게임

이 세상의 모든 사물들은 자신의 존재적 진실을 감추려는 성질이 있다. 마르틴 하이데거M. Heidegger는 논문 〈예술작품의 근원〉1950에서 이렇게 은폐된 진실을 드러내는 '탈脫은폐'의 작업이 예술가가 할 일이라고 말한다. 예술가는 세상의 모든 것들 속에서 그 존재의 리얼리티를 찾아내고 그것을 우리의 감각세계에 노출시키고 해방시켜야 한다. 감추려는 세계와 그것을 열어보려는 예술가. 때문에 예술 행위는 그 예술가가 마주한 대상-세계-대지大地와의 투쟁이며, 이 투쟁과 싸움의 흔적이 예술작품이다.

프랑스 누벨바그 감독 자크 리베트Jacques Rivette가 연출한 〈누드모델〉1991의 원제는 '아름다운 골칫덩이La Belle Noiseuse'이다. 영화 내용을 고려해 달리 번역해보면 '싸우기 좋아하는(싸움을

〈수월관음도〉 1310경 규슈 가가미 신사

일으키는) 미녀'라고 해도 좋을 것이다. 화가는 누드모델 속의 그 무언가를 찾기 위해 애처로운 싸움을 시작한다. 누드모델은 옷은 벗었지만 자신의 진실을 쉽게 열어 보여주지 않는다. 화가와 누드모델과의 밀고 당기는 싸움. 나와 세계, 자아와 타자와의 시선의 교차와 대립. 그들의 싸움 바깥에서 화가의 부인과 모델의 애인의 시선이 개입되면서, (또 그 시선의 개입을 유도하는 욕망의 덫을 던지는 모델의 전술을 통해서) 욕망이 성취되는 순간 그 욕망은 더 큰 욕망으로 증폭되며 저만치 도망간다.

옷을 다 벗겼다고 모든 것을 볼 수 있는 것이 아니다. 시스루 룩 see-through look이란 물리적으로는 속에까지 훤히 들여다볼 수 있는 패션에 대한 표면적인 이름일 뿐, 시스루처럼 은폐의 의지를 강하게 지닌 옷 입기도 없다. 드러내지만 가린다는 패러독스의 최고 난도를 지닌 스타일링이라고 할 수 있는 것이다. "나는 무의식적으로 남을 의식하게 된다"는 한마디의 말로 라캉의 욕망이론을 정리해본다면, 시스루는 의식적으로 자신의 무의식을 교묘하게 표면화시키고 작동시킨다.

시스루는 마치 종교개혁에 두드려 맞고 반종교개혁의 프로파간다를 만들어냈던, 그래서 관객의 눈을 의식하며 제작했던 이탈리아 바로크의 일루전 연출을 보는 것 같다. 카라바조는 똑같이 남루한 현실의 옷을 입고 있는 주인공을 통해 관객의 목전에서 지금 기적이 일어나고 있는 듯한 빛과 어둠의 공간(영화 같은 공간)을 창조해놓았다. 작은 성당의 작은 예배소에 그려진 카라바조의 ‘스크린’은 현대 소극장에서 바라보는 성속이 교차하는 극장무대로 보인다. 어둠 속으로부터 젖어나오는, 구원의 목소리로 가득 찬 바로크의 사이버스페이스. 버추얼 리얼리티. (바로크의 거장 베르니니의 조각 〈성녀 테레사의 법열〉1646의 좌우 벽에는 아예 극장 발코니에서 그 장면을 구경하는 일군의 인물상들이 조각되어 있다.)

그래서 시스루의 가장 중요한 요소는 속옷이다. 겹겹이 입은 얇은 천속에서, 얼기설기 짜인 니트의 틈 속에서, 아니면 밝은 명도와 맑은 채도의 셔츠 안에서 강한 형태와 짙은 색채를 드러내며 자리 잡고 있는 속옷의 존재는 그곳까지 ‘쉽게’ 도달한 시선을 좌절시키고, 그다음은 머릿속 상상의 공간으로 유보하게 만드는 결정적인 제동장치가 된다. 육체의 시선보다 상상의 체험이 훨씬 더 육체적이다. 감각의 현실보다 인식의 차원이 훨씬 더 감각적이다. ‘본다는 것’은 단지 시각적 감각의 영역에 머무르는 것이 아니라 모든 총체적 감각의 공감각적 혼합 속에서 이루어지기 때문이다.

“소리를 본다”는 재미난 표현이 있다. 산스크리트어 아발로키테슈바라Avalokiteśvara를 중국에서 번역하면서 관세음觀世音, 관음觀音으로 썼던 것에서 유래한다. (‘공생共生’을 기업이념으로

하는 일본의 유명한 카메라 캐논canon이 관음칸논かんのん에서 회사 이름을 따온 사실도 재미있다.)

고려 시대의 위대한 업적으로 칭송받는 〈수월관음도水月觀音圖〉14세기경에서는 '세상의 모든 소리를 살펴보고, 자신의 이름을 부르면 구제한다'는 관세음보살의 시스루가 우아하고 은은한 아름다움으로 빛나고 있다. 연꽃과 산호, 버들가지 꽂힌 정병, 두 그루의 대나무 등은 관음보살과 언제나 함께하는 징표들이다. 미세한 바람에도 흔들리는 버드나무 가지처럼 관세음보살은 고통받는 인류의 목소리에 세세하게 반응한다. 그의 거처인 인도 남부 해안 보타락가산補陀落迦potalake 山(우리나라 양양의 낙산사洛山寺 이름은 여기서 유래)을 나타내는 물과 암굴의 어둠 속에서, 화면 아래쪽의 '선재동자'와 함께하는 관음보살의 미소는 서양 르네상스 회화 속 '천사'와 함께하는 성모마리아에게서 보이는 여성적 외모와 관용의 미덕을 똑같이 보여준다.

레오나르도 다빈치의 〈암굴의 성모〉1483~86에서 등장하는 마리아, 아기 예수, 아기 세례자 요한, 천사 우리엘의 퍼포먼스는 스푸마토라는 시스루의 공간 속에서 멀어진다. 어떤 이는 이 암굴이 무염수태無染受胎의 자궁을 상징하고, 꽃을 밟고 있는 발밑 언저리의 물은 세례를 상징한다고 보기도 한다.

어찌 보면 조선 시대 여성의 옷도 수많은 레이어드와 시스루의 과정을 위한 옷이라 할 수 있다. 혜원 신윤복의 〈미인도〉18세기를 보면 하후상박下厚上薄이라 하여 치마는 풍성하게, 저고리는 타이트하게 입는 방식이 옷 입는 법칙이었다. 그 후厚한 치마 속에는 사실 단속곳, 속바지(고쟁이), 속치마 등의, 얇은 저고리 속에는 속저고리, 가슴가리개 등의 겹겹의 속옷이 있었다.

프랑스어로는 '트랑스파랑트transparente, 투명한'로 불리는 시스루가 해수욕장의 비치백과 같은 시스루백의 패션어법과는 달리 해석되어야 할 것이다. 은밀함이 주는 우아한 섹시함을 이해하지 못한다면 그 시스루는 '벌거벗은 임금님'1837의 민망한 투명함을 초래하게 될 것이다.

P.S. 겸 궁금증 하나. 그렇다면 가릴 거 다 가리고 유두의 존재감을 표현하기 위해서 브래지어 중앙에 2.5mm의 진주를 붙인 마를레네 디트리히Marlene Dietrich의 드레스는 시스루라고 할 수 있는가?

매니큐어

손톱의 재발견

영화 〈토털 리콜Total Recall〉1990을 보면 우주여행사 여직원이 무한히 변하는 팔레트를 펜마우스 같은 거로 선택하면서 손톱을 칠하는 장면이 나온다. 자기가 원하는 색상과 무늬를 눈 깜짝할 사이에 바꾸는 장면이 신기했다. 아마도 손톱에 회로를 영구입력해서, 손톱을 칠하고 지운다는 '아날로그식' 번거로움을 피하려는 시대의 발상인 것 같다.

디지털 시대의 비인간적 간편주의는 물리적 운동의 간소화를 과시하지만, 그 대신에 그만큼 황폐해지고 가벼워진 정서의 만연을 가져다준다. 사탕처럼 달콤한 매니큐어를 사 와서 마치 엄숙한 제의 행위처럼 공들이고 조심하여 곱게 색을 칠한 다음, 그것이 생명을 다해 벗겨지기 시작할 때까지, 그것에 싫증이 나서 지칠 때까지 일정 기간 자신의 삶과 함께하는 그런 '지

김중만 〈섹슈얼리 이노센트〉 시리즈 니스 1985

속의 역사'를 부정하고 있는 시대의 단면을 보여주고 있는 것이다.

어릴 적 엄마나 이모가 매니큐어를 바를 때면 겨드랑이 옆으로 귀찮게 파고들며 구경하던 기억이 난다. 무채색에 가까웠던 그 시절, 먹고 싶을 정도로 파워풀한 색채의 힘이 나의 눈을 자극했다. (색채의 황홀에 빠져 나는 어릴 적 주황색 크레파스를 깨물어본 적이 있다. 그 당시엔 형광색도 찾기 힘들었다.) 엄마의 화장대에서 몰래 매니큐어 뚜껑을 열고 그 작은 구멍 속에서 느리게 움직이는 점액질의 물감을 뚜껑에 달린 붓으로 담갔다 뺐다 하면서 놀기도 했다. '이 부드러운 것이 연하고 얇은 손톱 위에 올라가면 빛나는 광택의 강인함으로, 힘 있는 마력의 손을 만들어주는구나….' 착하게 보이던 손이 완전 디른 표정의 손으로 변하는 모습이 신기하기만 했다.

그뿐이랴. "아세톤"의 코를 찌르는 냄새와 그것이 손끝에 닿았을 때 주는 싸한 느낌, 또 그 두꺼운 에나멜을 한순간에 지워버리는 허무함은 소위 "변장의 마술"이라는 개념을 확실히 가르쳐주었다.

어머니 세대에서 이용되던 고전적 의미의 매니큐어는 사라지고 지금은 더 다채롭고 더 캐주얼하고, 더 재미있는 매니큐어가 늘어나고 있다. 사실 통념상 매니큐어를 칠하는 행위는 소녀에서 숙녀로 변해가는 상징적 의식으로 여겨진다. 그러나 제의는 무슨?! 이제 매니큐어링은 일종의 장난감 놀이 같은 것. 진지함이 사라진 가볍고 얇은 기분전환용 행태일 뿐이다.
모든 화장이 다 공격적인 의도와, 타인과의 다름을 드러내기 위한 필요에서 시작되었기에 남자인 나도 가끔은 내 몸을 특별히 채색하고 싶을 때가 있다. 타투는 지우지 못할 후회가 생길 거 같아 아직 시도하지 못하고 있지만, 새끼손톱에 봉숭아를 물들여서 첫눈이 오기 전까지 기다려 본 적도 있고, 사랑하는 사람과 모든 걸 무장해제하고 누웠을 때 똑같은 발가락이 되고 싶어 엄지발가락에만 매니큐어를 칠해본 적도 있다. 모두가 사랑하는 대상을 의식하고 벌인 행동이다. 그렇게 보면 여성이 매니큐어를 바르는 것은 대상의 시선을 의식하는 심리 때문이라는 생각도 든다. 자기 자신의 만족만을 위한 색칠이라기보다는 타인의 시선을 끌어당기는 손짓의 포인트로서 매니큐어가 작용하는 것은 확실하다.
손의 표정은 얼굴의 표정만큼이나 다양한 화술話術을 지니고 있다. 입술 색과 매치된 매니큐어 색은 분명 성적인 부호로서 기능하며, 그 매혹적인 색채 속에서 손톱이 칼처럼 할퀼 수도 있는 강력한 무기였음을 대조적으로 강조한다. 사디즘과 마조히즘의 아슬아슬한 경계로서, 치아 다음으로 딱딱한 손톱이라는 퇴화된 동물성의 은폐로서 매니큐어는 아직도 치명적 유혹이다.

스타킹

원죄와 동물성

아마도 여성의 물건 중에서 가장 섹시한 것을 꼽으라면 많은 남성들이 스타킹을 꼽지 않을까 한다. 열매를 찾아 쏙 빠져나간 뱀의 허물 같은, 조금 전 젖은 날개를 펴고 날아간 나비의 탈피 같은 동물성이 짙게 느껴진다. 여성의 가장 아랫부분의 피부와 오랜 시간 동안 넓게 밀착되었던 물건이기에 벗겨진 스타킹은 벌써 시각만으로도 냄새가 난다. 그것은 하늘이 아닌 땅과 가까운 냄새를 풍기면서 대지와의 친밀함을 보여주지만, 직립보행이라는 인간만의 자존심을 과시한다는 의미에서 지상과 한층 멀어지려는 욕망의 증후가 될 수도 있다.

스타킹이 유혹적인 이유는 무엇보다도 각선미와 밀접한 관계가 있는 물건이기에 그렇다. 동서양을 막론하고 유독 발과 다리와 연관된 페티시fetish는 오랜 역사를 지닌다. 서양에서는 근

김중만 〈누드〉 시리즈 2013

대 이전까지 여성의 발목을 노출하는 것을 큰 부끄러움으로 알았다. 여성의 모든 복식은 발을 덮어야 했으며, 심지어 탁자나 의자의 발목도 레이스 천으로 감싸는 게 일상의 풍경이었다.

스타킹은 치마가 짧아지면서 '알다리'의 노골적인 노출을 막기 위해 탄생했다고 보아도 옳을 것이다. 아무래도 격식 있는 자리에 스타킹을 신지 않은 채 예의를 갖추기란 지금도 힘든 얘기다. 미니스커트의 등장으로 롱스타킹이 필요했고, 1970년대에는 허리까지 올라오는 팬티스타킹이 유행했다. 그러나 점차 스타킹이나 양말을 신지 않는 패션과 캐주얼한 직장 패션이 보편화되면서 1995년부터 스타킹 판매량은 지속적으로 감소하기 시작했고, 최근엔 레깅스의 등장 덕분에 스타킹은 점차 시대의 유물이 되어가고 있다.

어쩌면 이제 스타킹은 성적인 코드로서 암묵적으로 이해되며, 정상적으로 드러낸 언더웨어로서 작용한다. 각종 무늬를 통해 마치 문신한 육체를 연상시킨다든지, 일상적이지 않은 가터벨트garter belt와 함께 복고 취향의 퇴폐미를 강조하기도 한다. 가장 심플한 소재이면서 가장 복잡한 성장盛裝과 노출의 은밀한 게임을 벌이고 있는지도 모른다.

나에게 가장 인상적인 스타킹은 브라이언 드 팔마Brian de Palma 감독의 스릴러 영화 〈드레스드 투 킬Dressed to Kill〉1980의 포스터에서 나오는 스타킹이다. 다가오는 위험을 감지 못한 여주인공은 욕조에 걸터앉아 스타킹을 천천히 말아 내리고 있다. 열린 문틈으로 바라보는 남자의 시선은 이 장면을 바라보는 우리의 관음적 시선에 죄책감을 불러일으킨다. 또 "엉덩이는 영혼의 거울"이라며 고유의 '엉덩이 미학'을 끈질기게 추구하는 틴토 브라스Tinto Brass의 영화 속 스타킹은 가장 얇은 천이 풍만한 육체를 가장 빛나게 할 수 있음을 증거한다. 컬트무비 〈로키 호러 픽쳐 쇼The Rocky Horror Picture Show〉1975의 복장도착자 프랭크 박사의 망사스타킹 또한 '차별'과 '차이'의 경계에서 자유로운 남자의 우월한 각선미를 보여준다.

스타킹 역시 멋은 비실용적이고 무목적적인 데서 시작된다는 패션의 법칙을 담고 있는데 무릎까지 오는 판탈롱스타킹은 우아함과 기품을 상실한 B급 영화의 취미를 풍긴다. 겉옷으로 가려지지 않은 판탈롱은 연장전을 기다리는 축구선수의 헐떡거리는 숨결을 상기시킨다. 거기에 더해 제2차 세계대전 이후 실크에서 나일론으로 변질된 스타킹은 일회성, 기능성을 추구하는 우리 시대의 정서를 대변하는 문화적 표상으로 느껴진다.

스타킹은 중세로부터 내려온 중요한 남성용 하의 호스hose, 프랑스어 chausses에 그 기원을 두지만 현대의 남성들에겐 이미 멀어진 물건일 것이다. 남성들이 평생 스타킹을 착용할 때란 몇 가지가 되지 않는다. (거머리를 죽이지 않고 모내기 사역을 하려는 군인들? 얼굴축소용 모자인 줄 알고 머리에 착용한 도둑놈

들? 모두 다 모양새가 그리 좋지는 않다.)

상처 난 피부의 연장으로서 올 나간 스타킹이 왠지 깔끔하지 못하다는 부정적인 이미지를 제공하지만 찢어진 청바지가 자유로움의 상징으로 승화된 것을 본다면 올 나간 무늬의 스타킹이 새로운 패션 아이템으로 등장할지도 모르겠다. "라이크 어 버진Like A Virgin"을 외치고, 속옷과 겉옷을 뒤바꿔 입으면서 성녀聖女와 창녀娼女, 성스러움과 속됨, 정숙함과 헤픔의 전복과 이종교배를 시도한 가수가 나온 지 30년이 지났다.

반 에이크 〈아르놀피니 부부의 초상〉 1434 런던 내셔널 갤러리

모피

겉과 속의 진실과 욕망

모피는 가장 직접적이고 발생론적인 옷이었다. 채취나 수렵이 아닌 직조의 방법을 통해 옷 입기가 전개된 것은 농경사회와 정착사회로 인한 생활상의 변화, 산업화와 도시화로 인한 수요 공급의 불균형이 발생했기 때문일 것이다. 그래서 모피는 점차 실용적인 '사용가치'보다는 신분이나 지위를 표시하는 사치스러운 '상징가치'를 지니게 되었다. 동서고금, 남녀노소를 막론하고 모피는 부와 권력을 상징하며 대다수의 인간들에겐 동경의 대상으로 살아남아 있다. 왕과 귀족이 지배하던 시대에는 계급과 서열에 따라 소유할 수 있는 모피의 종류가 달랐다. 그런 '구별짓기'가 소비적 욕망 구조 형성에 불을 지핀 것도 사실이다. 구체제가 붕괴하고 근대 신흥 부르주아가 등장한 후에도 왕과 귀족의 고급문화를 흉내 내기 원했던 그들에 의해 모피

또한 졸부의 '속악俗惡한 취미'를 감추기 위한 필수품으로 자리 잡게 되었다. 얀 반 에이크의 〈아르놀피니 부부의 초상〉1434과 페르메이르의 〈편지를 쓰고 있는 여인〉1665경은 모피가 그림 속 모델의 사회적 지위를 연출하는 데 얼마나 효과 있는지를 보여준다. 모두 다 장차 부르주아의 전형이 될 초기 도시인들이다. 화가들이 모델들에게 모피 옷을 입힌 이유는 털 올 하나하나를 실감 나게 묘사할 수 있다는 자신감을 내보임으로써 당시의 부르주아 고객들의 많은 주문을 받기 위해서이기도 하다. 그러고 보면 우리들에게 모피에 대한 첫인상은 서정적이라기보다는 육감적인 부분이 강하다. 진주 목걸이에 실크 원피스, 그리고 무릎까지 내려오는 모피코트, 번쩍이는 핸드백을 거머쥔 글래머러스한 중년 여성이 우선적으로 떠오른다. 비슷해 보이는 가죽이라도 담비가죽 초피貂皮가 족제비가죽 서피鼠皮보다도 우월한 대우를 받는 것은 예나 지금이나 똑같다. '부르주아의 은밀한 욕망'은 이런 부분에서 굉장히 민감하고 열광적이다. 비슷해 보이는 자동차나 핸드백도 더 "부티"나 보이는 것을 소유해야 상대적인 우월감을 만끽할 수 있기 때문이다. 생산성을 미덕으로 삼는 현대사회에서 '있어 보이는 것'은 희소성에서 비롯되는 것이기에 적은 수효의 사라져가는 동물가죽은 최고의 잇 아이템이 된다. 최상의 품질을 자랑하는 가죽을 얻기 위해 살아 있는 밍크에게 제초제를 주사하고, 전기충격으로 동물들을 심장마비시킨다. 최고가의 악어가죽을 얻기 위해선 서로 싸워 상처가 날 수 있는 환경을 제거해야 한다. 어려서부터 부드러운 벽으로 둘러싸인 독방에 갇혀 악어는 고독한 삶을 마감한다. (어떤 이들은 고구려 무용총의 〈수렵도〉에 등장하는 사람들이 쓰던 화살이 살상용이 아니라 명적鳴鏑이 달린 신호용이라는 점을 들어 그들도 흠 없는 호랑이와 사슴의 가죽을 구하기 위해 사냥한 것이라고 주장하기도 한다.) 이런 잔혹한 실상이 공개되어도 세계의 모피 시장에는 더욱더 다양하고 매력적인 모피 의류가 쏟아져 나오고 있다.

PETAPeople for the Ethical Treatment of Animals 같은 동물애호가 단체는 크리스티 털링턴, 타이라 뱅크스 등의 슈퍼모델을 동원하여 "모피를 입느니 차라리 벗고 다닐래요"라는 구호를 외치게 하였다. 그럼에도 불구하고 모피에 대한 열기는 식을 줄 모른다. 반反모피운동에 맞서기 위해 이제는 진짜 모피를 가짜로 보이도록 염색하는 일도 많아졌다. 진피와 인공피를 구별하기 어렵게 만드는 편법을 통해서 모피 생산량을 늘려나가고 있는 것이다. 얼마 전 어떤 신문에는 중국에서 생산된 호피, 여우가죽, 표범가죽 등의 모피가 사실은 개가죽이었다는 기사가 나왔다. 우리 시대 부르주아들의 신분상승 욕구가 그만큼 크다는 사실을 보여주는 증거라 할 수 있다. 변신의 껍질fur 속으로 숨어버리고 싶은 연약한 심성을 오히려 더 드러내는 것 같아 모피를 두른 여인은 쓸쓸해 보인다. 다빈치의 하얀 담비를 안고 있는 체칠리아처럼….

폴 세잔
〈커다란 소나무와 생 빅투아르 산〉
1885~87 런던 코톨드 미술관

팔레트

일상의 하이라이트

우리 시대의 화장은 대부분 색조화장을 의미한다. 휘황찬란한 인공 조명 아래에서의 낯빛과 은은한 촛불 조명에 흔들리는 표정은 분명 다를 것이다. 다채로운 팔레트가 요구되는 것은 다양한 조명의 등장과 밀접한 연관이 있다. 높은 조도와 자극적인 형광네온의 공기 속에서 화장은 점점 강렬하고 진해져 간다. 서구적 미의식의 획일화를 통해 우리의 얼굴도 이국적 광선에 적응되어 갔다.

우리의 옛 화장법은 일반적으로 튀거나 공격적이지 않은, 담담한 단장, 담장淡粧이었다. 마치 수묵화의 담채淡彩처럼 맑고 그윽함이 주된 색조였다. 그러나 기녀, 무녀, 악공樂工 등과 같은 무대나 의식에 참여하는 여성은 의식儀式화장, 분대粉黛화장이라 해서 보다 짙고 돌출적인 색조화장을 했다. 관객의 눈을 사로잡을 스펙터클함이 필요했을 테니까.

우리의 전통화가 "간장그림"이라 할 수 있는 수묵화문인화와 "고추장그림"이라 할 수 있는 채색화민화, 벽화로 크게 구분되어진다고 할 때, 투명한 화장은 수묵화에 가깝고, 불투명한 화장은 채색화에 가깝다고 할 수 있다. 우리는 그림을 그린다drawing고 하지 칠한다painting고 하지 않는다. 동양과 서양에서 생각하는 그림의 성격은 이처럼 본래부터 차이가 난다. 우리는 그림을 선line으로 이해하고, 서양은 그림을 색면color-field으로 이해해 왔다.

그림을 그리기 위한 우리 전통화의 주재료는 종이, 붓, 먹수묵화 또는 안료채색화이다. 채색화를 그릴 때는 먼저 한지에 아교와 백반을 물에 녹여 바르는 아교포수阿膠泡水를 함으로써 종이 위에 안료가 골고루 안착될 수 있는 베이스를 마련한다. 똑같이 서양화의 캔버스에서도 화장의 메이크업 베이스와 같은 작업이 필요한데, 석고와 아교를 혼합한 재료를 테레빈유로 바르는 젯소gesso칠이 그림의 바탕이 된다.

결국 전통적으로 화장이거나 회화이거나 색조와 채색을 통한 그리기의 방식이란 것은 동일하다. 피부색(바탕색)을 염두에 둔 파운데이션을 먼저 바르고 그 위에 조개껍데기를 갈아 만든 호분胡粉이나 하얀 납가루인 연백鉛白과 같은 재료를 통해 백색의 기조를 유지시킨다. 백색은 빛의 반사이자 빛 그 자체에 대한 해석으로 읽혀지기에, 화장에서나 회화에서나 백색은 하이라이트로서 생동감을 부여하는 주요한 인자이다. (공자가 《논어》에서 말한 '회사후소繪事後素'는 화장과 회화에서의 백색의 기능과 의미를 드러낸다. 그런데 그 당시 중국의 그림은 수묵화가 아닌 채색화였다.)

현대미술의 시작이라고 여겨지는 인상주의가 등장하기 이전 서양미술의 키워드는 데생dessin이었다. 사물의 형태를 윤곽선으로 선명하게 고정시키려는 것이 20세기 직전까지 서양미술이 추구해온 재현으로서의 모방mimesis이라는 전통이었다. 그러나 인상주의부터 달라졌다. 인상주의는 색과 빛을 미술의 중요한 요소이자 대상으로 삼았고, 선과 형체는 점차 해체되기 시작했다. 추상미술의 시작이었다. 사물이 반사하는 '빛의 인상'을 기록하는 것이 그들의 화두였고, 드디어 세잔은 몇 가지 색으로 간소하게 정리된 자신만의 팔레트로 원근법을 해체함으로써, 파편화된 입체를 표현했다. 그로 인해 후에 피카소가 다중 시점의 큐비즘cubism에 도달할 수 있게 된 것이다.

아마도 우리 시대의 조명 아래에서 가장 좋은 화장법은 많은 색조를 쓰지 않으면서도 자연스러운 입체감을 보여주는 것이리라. 튀어나온 눈두덩과 광대뼈에 그림자를 줘서 좀 "죽이고", 낮은 콧대를 좀 "살리고", 뭉툭해진 턱선을 좀 "깎고" 하는, 얼굴 전체를 면과 볼륨의 조각적인 시선으로 조망하는, 화장의 입체파적인 해석이 필요한 것이다.

그에 반해 아이라이너로 눈의 윤곽을 정확히 그리고, 빨갛게 입술의 윤곽을 또 정확히 그리고, 얼굴 윤곽을 따라 정확하게 분칠을 한 여성을 한밤중에 마주치면 무섭다. 눈과 입술만 둥둥 떠서 다가오는 것 같다. 차가운 달밤의 무당집 그림이 살아 움직이는 것 같다.

브래지어

영원한 여성의 사물

브래지어는 가장 여성적인 사물일 것이다. 바꿔 말해 가장 성인적인 물건일 것이다. 다른 종류의 속옷을 하나 더 사게 될 때 소녀는 숙녀로 진입한다. 속옷 또는 갑옷을 뜻하는 프랑스어 '브라시에르brassière'가 어원이며, 보통 브라bra라고 부른다. 의학적으로 유방이 여성의 생식기관(외성기)으로 분류되기 때문에 가슴을 직접적으로 노출시키기보다는 일차적으로 방어하고 보호한다는 의미에서 '가장 부드러운 갑옷'으로 이해될 수도 있겠다. 이 갑옷은 곡선으로만 구성되는 형체의 조합으로 남성의 속옷을 미적으로, 예술적으로 능가한다.

티치아노의 〈개를 데리고 있는 황제 카를 5세의 초상〉1533에서 이 신성로마제국의 황제는 "샅주머니股袋"라고 부를 수 있는 코드피스codpiece로 자신의 소중한 곳을 갑옷처럼 보호하고

티치아노 〈개를 데리고 있는 황제 카를 5세의 초상〉 1533 마드리드 프라도 미술관

또 강조하며 자신감 넘치는 포즈를 취하고 있다. 코드피스는 15·16세기 남성성을 과시하는 지배계급의 패션 아이콘이었다. '물건의 진실'을 속이기 위해서 그 속에다 깃털, 손수건, 금화, 과일까지 집어넣는 사람들까지 있었다고 하니 '크기'에 대한 맹신은 그 유래가 깊다.

몸매의 실루엣을 정돈한다는 기능을 지닌 코르셋이 1910년대부터 본격적으로 산업사회와 도시사회의 여성들을 위해 변형 적용된 것이 브라라고 본다면 유니섹스와 자유로운 성 해방을 주장했던 1960년대 청년운동, 브라를 여성 억압의 상징으로 본 여성해방운동가들의 주장은 어느 정도 타당한 것이다. 그러나 그것이 어른들을 위한 속옷이기도 하다는 사실을 생각한다면 그 주장은 결국 노팬티운동과 같은 차원의 것이 되고 만다. 다 벗고 살 수는 없는 노릇이다.

원더브라가 세계에서 최다 판매를 기록함으로써 현대 여성들이 자연스러운 실루엣보다는 가슴의 크기에 신경 쓰고 있다는 사실이 입증되었다. 그러나 시대에 따라선 브라로 가슴을 작아 보이게 만들어 보이시한 느낌을 연출하려 한 적도 있었다. 브라를 가슴의 크기를 확대시키는 보정물의 기능으로만 본다면 그것은 편향된 성적 환상의 주입으로 인한 편견이다. 이런 성적 이데올로기는 주로 상업적 매스미디어의 허구적인 이미지 메이킹에서 비롯된다.

가슴의 다양한 형태나 크기에 따라 브라의 디자인이나 치수도 세분화되고 있다. 이미 컵 사이즈와 몸통 사이즈의 함수관계로 제작되는 브라가 많아지고 있다. 오래된 얘기지만 생체측정biometrie을 통해 《인류학 교과서*Lehrbuch der Anthropologie*》1914를 남긴 인류학자 루돌프 마르틴1864~1925은 가슴을 가슴의 높이와 가슴 바닥의 지름과의 수치적 비교를 통해 접시형(높이〈바닥), 반구형(높이=바닥), 원뿔형(높이〉바닥), 염소젖형으로 구분했다. 좀 더 자유롭고 자연스러운 삶을 위해선 기성품 브라가 아니라 맞춤형 브라도 필요할지 모른다.

브라의 존재성은 사실 그것을 베이스로 해서 펼쳐지는 겉옷과의 관계에서 거꾸로 규정된다. 브라가 겉옷이고, 겉옷이 브라이다. 세상에 반전의 브라는 드물다. 브라의 존재감은 모든 겉옷을 벗는 순간 드러난다. 브라와 겉옷이 따로 놀 때 브라는 가장 당혹해진다. 브라와 전혀 딴판인 겉옷을 입고 외출한 여성, 더 나아가 브라와 전혀 다른 맥락의 팬티를 입고 있는 여성의 심리는 어떤 분열성을 띠는 것일까? 겉과 속, 위아래가 다른 부조리의 재현 속에서 그들의 가슴은 노출의 불안함과 탈의의 중요성에 무감각해진 강철 가슴이 되어버린 것일까?

브라는 속옷이 지닌 최후의 자존심이다. 브라는 가장 깊은 곳에서 자신의 은밀한 부위를 감추고 있지만, 그 감추고 있다는 사실을 드러내고 표시함으로써 그 자존심을 유지한다.

라파엘이 자신의 애인을 그린 〈라 포르나리나La fornarina〉1518~19는 고대 비너스의 유명한 포즈인 베누스 푸디카Venus Pudica, 정숙한 비너스의 포즈를 취하고 있다. 한 손으로는 가슴을 가리고, 또 다른 한 손으로는 음부를 가리는 자세이다. 그러나 그 가리려는 손짓은 맑은 우유 빛깔의 부드러운 가슴을 오히려 부각시키며 우리의 시선을 끌어당긴다. 그사이에 흘러내리는 투명한 베일은 가리면서도 드러내는 신비스러움으로 수줍음의 그림자를 슬며시 지워버린다.

쿠르베
〈화가의 작업실, 진정한 알레고리〉
1854~55 파리 오르세 미술관

바비인형

30억분의 8을 꿈꾸며

바비Barbie의 몸은 아직도 비현실적인 직선형이다. 1959년 미국에서 탄생한 이후 현대 여성의 꿈의 투사체가 된 바비인형은 지금도 그 진화를 멈추지 않고 있다. 바비인형은 175cm의 신장을 가진 성인 여성을 6분의 1로 축소한 것으로, 그렇게 따지면 실제 여성의 신체 사이즈는 가슴 36인치, 허리 18인치, 히프 33인치의 비정상적으로 보일 수 있는 체형을 소유하게 된다. 우리가 아는 비너스 신상神像도 그 정도의 비율은 아니었다.

고대 그리스 조각의 여신들이 지닌 신체 비율은 대개 8~9등신으로 애초부터 초현실적이었다. 전체 키를 머리(얼굴) 사이즈로 균일하게 나눈等身 비율이 1:8, 1:9가 되는 몸은 있을 수 없는 몸이었다. 신화의 주인공은 속세의 육체를 소유하고 있으면 안 되었다. 또한 건축물이나 제단의 높은 곳에 장식된 조각상을 아래서 쳐다볼 때, 비율이 그럴듯하게 맞으려면 몸에 튀어 나온 부분은 모두 정상적인 비율보다 확대해서 만들어야 제대로 보인다. 때문에 머리나 손발의 크기는 이상하게 커질 수밖에 없었다.

플라톤이 미술에 대해 그렇게 비판적인 견해를 보인 것도 이런 진실의 왜곡에 있다. 감각의 세계에 복속되는 거짓으로 치장된 진리의 세계를, 그 현혹의 위험한 기술을 플라톤은 경계한 것이다. 그러나 바비는 이런 서구적 이상주의의 절대주의적 미관의 신화를 유전적으로 이어오고 있다.

바비가 50여 년이 넘는 지속적인 관심을 지키고 있는 이유는 환상적인 몸매와 함께하는 현실적인 인생의 스토리텔링 때문이다. 의사, 항공기 조종사, 대통령 후보1992까지 다양한 직업을 소유해왔으며, 반려동물들과 친구들도 있다. 인간처럼 남자친구 켄Ken과의 결별과 재회를 경험하기도 한다. 외형적인 모델이 되었던 독일 인형 '릴리Bild Lilli'가 원래 어린이를 위한 인형이 아니었듯이, 사실은 어른의 시점과 취향에서 창조된 무한 변신 가능성의 장난감figure이라고 할 수 있다.

백인 위주의 인종주의에 대한 비판으로 흑인 바비 크리스티 Christie, 라틴계 바비 테레사Teresa, 아시아계의 바비 키라Kira부터 휠체어를 탄 바비 베키Becky까지 등장1997하고, 바비에 대한 반동으로 2002년 이란에서는 부르카burqa를 뒤집어쓴 이슬람

인형 풀라Fulla까지 등장했다. 바비 제작사 마텔Mattel은 1990년대부터 컬렉터 바비시리즈를 출시해 성공을 거두기도 했다.

1990년대는 확실히 포스트 모더니즘적 징후가 문화예술 전반에 걸쳐 노출되었다. 중심과 주변, 남성과 여성, 서양과 동양, 정교와 이교, 정상과 비정상 등 미셸 푸코가 고발하고 투쟁했던 '감시와 처벌'의 체계, 즉 모더니즘의 경계짓기, 구별짓기는 해체되고 곳곳에서 담론화가 이루어졌다.

디즈니 애니메이션의 변천사를 잠시만 훑어보아도 모더니즘이 배태하고 풀지 못한 문제의식의 반영은 자명하게 드러난다. 반수반인, 이국적 세계와의 혼합 〈인어공주〉1989, 선악과 미추의 내면적 갈등 〈미녀와 야수〉1991, 이교도적 상상력의 신비함 〈알라딘〉1992, 제국주의의 혈통과 승계 〈라이온 킹〉1994, 원주민 문화에 대한 뿌리 깊은 미안함 〈포카혼타스〉1995, 일상 속에 담긴 초현실주의와 애니미즘 〈토이 스토리〉1995, '바보 왕'을 세우는 중세적 다문화주의 〈노틀담의 꼽추〉1996, 신화와 역사의 퓨전 〈헤라클레스〉1997, 동양의 잔다르크 〈뮬란〉1998, 문명과 원시의 충돌과 향수 〈타잔〉1999 등이 그렇다.

몸의 권력화, 서열화를 만드는 데 일조한 '바비신드롬'은 여성들에게 근거 없고 불필요한 스트레스를 자아냈다. 머리부터 발끝까지의 전신 성형, 다른 동물적 의욕까지 상실시키는 다이어트 약의 남용, 출신으로부터 자유로워진 피부색 태닝, 국적불

명의 머리카락 염색, 전환할 수 없는 눈동자 색을 바꾸는 서클 렌즈 등은 이상적인 몸body—그것도 권력적인 시선의 외부로부터 주입된—에 자신의 몸을 '튜닝'하는 것이다.

우리의 몸은 레디메이드(기성품)이다. 어머니의 자궁이라는 공장에서 내 의지와는 상관없는 형태의 몸으로 태어났다. 동양에서는 몸에 대한 어떤 가공加工이 효의 본질에 맞지 않는다는 터부taboo 때문에 부정적으로 여겨지지만, 성인이 되어 자기 몸의 주체임을 확신할 때 우리는 성형을 통해 우리의 몸을 자신의 이상적인 형태로 재가공할 수 있게 된다. 문제는 그 인공적으로 성형된 형태의 아름다움이 본래적 형태의 자연스러움을 능가하기 어렵다는 현실에 있다.

때문에 성형이 죄가 아닌 세상에 우리는 살고 있지만, 신의 경지의 완벽한 자연스러움에 도달하지 못하는 의술 때문에, 세월이 지나면서 그 부작용이 피할 수 없는 벌로 드러나고 있는 얼굴들을 우리는 지금도 어렵지 않게 목격하고 있다. "그림 같은 풍경"이란 말은 모사된 대상을 거꾸로 모방하는 원본의 패배를 의미한다. "인형 같은 얼굴"이란 말 역시 시뮬라크르에 대한 오리지널의 복속을 말한다. 우리는 진짜보다 더 진짜 같은 가짜의 세계를 동경하고 모방하며 살고 있는 것이다.

신석기 시대의 1차 의상혁명, 샤넬의 2차 의상혁명 이후 앞으로 도래할, 아니 이미 도래한 의상의 3차 혁명은 인간의 몸은 물론, 장기까지 코디네이션하는 단계이다. 자신이 원하는 이상적 모델을 상정해놓고 우리는 그 몸에 가깝게 우리의 몸을 트랜스한다. 앤디 워홀도 레디메이드를 다시 오더메이드—패션에선 MTMMade to Measure, 혹은 이탈리아어로 "당신의 사이즈에 맞춘다"는 수미주라Su Misura, made to order—로 전환시키는 작업을 많이 했다. 코 성형 전후의 모습을 담은 〈비포 앤드 애프터Before and After〉1961는 그의 변신의 철학을 가장 핵심적으로 드러낸다. 우선 은발의 가발은 가장 손쉽고 효과적인 변신을 가져온다. 여성으로 화장하고 변복하여 폴라로이드로 남긴 드랙 퀸Drag Queen 이미지는 본의 아니게 결정지어진 성별에 대한 저항이다. 백화점 쇼윈도의 마네킹이 되어 몇 시간을 서 있었던 것은 무생물인 인형으로 트랜스된 자아의 실현이고, 인터뷰에 자기 대신 가발을 씌우고 변장을 해서 남을 보내는 행위는 아바타로까지의 변신이라고 할 수 있다. 모두 '다름'에 대한 궁금증을 해소하기 위한 시도였다고 할 수 있다.

"내게 천사를 보여줘! 그러면 그려줄 테니!"라고 말한 쿠르베는 그의 대표작 〈화가의 작업실, 진정한 알레고리〉1854~55에서 쿠르베 자신에게 달라붙은 뮤즈까지, 이상적으로 변형되지 않은 누추한 현실의 지방질 몸뚱어리로 그리며 당시의 가식적이고 허구적인 세계관에 반항하였다. '현실(진짜)처럼' 그리는 것이 아니라 '현실(진짜) 그대로를' 그린 쿠르베의 리얼리즘은 사실주의로 번역될 수 없다. 현실주의나 진실주의가 될까. 그것은 미술로 표현된 자연주의 혹은 르포르타주이다.

우리는 미화된 여신의 육체를 탐하면서 자신의 육체가 지닌 현실성과 진실성을 부정하거나 경멸해서는 안 될 것이다. '인간의 피조물'인 인형, 사이보그cyborg, cybernetics와 organism의 합성어, 안드로이드android('인간을 닮은 것'이라는 그리스 어원을 지니며, 영화 〈블레이드 러너Blade Runner〉1982의 리플리컨트Replicant 같은 인조인간), 휴머노이드humanoid, 인간형 로봇가 '신의 피조물'인 우리의 선망의 대상이 되는 부조리에 직면하였지만, 우리의 자신감을 구속하던 '원판불변의 법칙'은 점점 허물어지고 있다.

1998년 화장품회사 더 바디샵The Body Shop은 바비처럼 생겼으나 보통 여성의 통통한 신체를 반영한 인형 루비Ruby를 통해 자아존중 캠페인을 벌였다. 그 포스터에 남겨진 문구는 이렇다. "전 세계에는 슈퍼모델처럼 보이지 않는 30억 명의 여성이 있다. 그리고 슈퍼모델처럼 보이는 단 8명의 여성이 있다."

보톡스

역주행하는 무표정의 젊음

프랑스의 행위예술가 오를랑Orlan은 자신의 얼굴을 보티첼리의 〈비너스의 탄생〉1485경에서 나오는 비너스의 얼굴로 바꾸는 성형수술 과정을 전 세계로 위성중계했다. 수술 전 등고선이 그려진 낙서 같은 얼굴과 수술 직후 처참하게 퉁퉁 부은 얼굴을 비교해보면, 권력화된 미美의 질곡 아래 고통받는 인간 실존이 미추의 고문적인 잣대에 대해 벌이는 의미 있는 항거처럼 여겨지기도 한다. (몇 년 전 마지막으로 봤을 때는 이마에 양 뿔 같은 것을 박고 있었다.) 얼마 전 내한한 오를랑은 "성형수술이 성행하는 나라 한국에 오니 마음이 편안하다"라고 말했다.

보티첼리도 비너스의 모델을 젊은 나이에 죽은 당대 최고의 미녀 시모네타 베스푸치Simonetta Vespucci, 1453~76로 삼았다는 설이 있고, 신체의 비율을 9등신의 가장 이상적인 비율로 삼아 이

앤디 워홀
〈비포 앤드 애프터〉 1961
뉴욕 메트로폴리탄 미술관

세상에는 존재하지 않는 절대적인 비례미의 전형을 만들어놓았다. 르네상스가 복원한 비례, 균제, 통일 등의 수적 질서의 고대적 조화미는 현재까지도 지워지지 않는 위력을 발휘한다.

레오나르도 다빈치의 〈모나리자〉와 그의 자화상이라고 알려진 늙은 남자의 얼굴을 절반씩 잘라 붙여놓은 〈모나-레오Mona-Leo〉(부제-그건 나다!)1986 라는 릴리언 슈워츠Lillian Schwartz의 작품은 〈모나리자〉가 다빈치의 자화상일 수도 있다는 확신을 강하게 불러일으켰다. 동성애자로서 여성 변복을 하고 자기의 얼굴을 씩 웃으며 그렸다는 추측이다. 죽기 전까지 프랑스로 가져가 간직하고 있었고, 의뢰인 조콘다Gioconda에게 그려주지 않았다는 사실이 "자기 혼자 즐기고(조콘다레giocondare 하고)" 있었음을 증거한다는 것이다.

그러나 더 깊이 들어가 보면 가장 이상적인 얼굴, 필생의 얼굴, 남성성과 여성성의 양성구유, 희노애락의 혼재, 서양의 '4원소' 사상인 땅地, 물水, 불火, 공기風의 융화, 성모마리아와 비너스의 결합, 그리고 친모의 얼굴이 녹아든 구원의 여인상, 뒤의 산수화와 하나가 된 자연과 일체된 우주적 얼굴을 그린 것이 아닐까 한다.

다빈치가 생각하는 가장 비례적인, 가장 아름다운 얼굴의 비율은 이마 선에서 눈썹, 눈썹에서 코끝, 코끝에서 턱선까지의 길이가 모두 똑같을 때이다. 이상적인 얼굴을 그리면서 다빈치는 모나리자도, 늙은 남자의 얼굴도 —그것이 다빈치의 자화상이 확실하다면— 모두 똑같은 비율로 그렸다. 그랬기 때문에 〈모나-레오〉의 얼굴은 맞아떨어질 수가 있었던 것이다.

얼굴이 '얼의 꼴'에서 왔다는 말이 있다. 영혼이 형태적으로 드러난 것이 정신의 꼴, 얼굴인 것이다. 그래서 "꼴값한다", "생긴 대로 논다"는 말이 생겼다. 인도의 속설에서 코는 산이고 눈은 물이다. 산이 높고 물이 깊을수록 영적인 사람의 관상이 된다. 아리스토텔레스의 관상학도 유명하지만 다빈치도 자신의 관상학을 그림 속 인물들에 숨겨 놓았다. 선한 사람과 악한 사람의 이목구비의 배치와 배열이 다르다. 사자같이 생긴 사람이 있고 너구리같이 생긴 사람이 있다. 형태를 통해 그 정신을 반영하는 것이 얼굴이고, 이것을 통해 예수 역, 가롯 유다 역을 캐릭터화 할 수 있었다.

압구정역 지하도를 걸어 다니다 보면 온갖 성형외과 광고판을 마주치게 된다. 앤디 워홀의 〈비포 앤드 애프터Before and After〉1961를 연상시키는 이 그림들은 이제 페이스오프의 수준으로 정반대의 얼굴로 '재영토화reterritorialization'시킬 수 있는 의학의 힘을 과시한다. 거기에 CG의 리터치까지 덧붙여지면 여기는 이미 현실 너머에 존재하는 미의 공장지구이다. 이제 신체의 비율만 좋으면 탁월한 외모에 접근한 길은 너무나 가까운 시대이다. 그러나 이런 '조형미술plastic arts'은 인공적인, 달리 말하면 가공적인 얼굴을 양산하고, 이로 인해 이 얼굴 저 얼굴이 뒤섞인 몰개성의 얼굴이 늘어나고 있다.

세월의 흐름이 그려낸 주름진 사연들을 컴퓨터 화면의 문장들처럼 가차 없이 삭제시켜버리는 시술이 만연해 있다. 개성 있는 얼굴의 표정과 그 얼굴 주인의 역사, 소중한 삶의 기억과 흔적들을 깨끗이 말소하고도 흡족해한다. 언캐니uncanny한 인형이나 로봇의 웃음처럼 기괴함까지 풍기는 얼굴은 웃고 있어도 눈물이 난다. 수많은 여배우들이, 더 나아가 수많은 도시들이 삶과 역사의 주름진 골목들을 허물고 있다. 루이즈 부르주아Louise Bourgeois의 연기처럼 주름진 얼굴이 그립다. 피나 바우슈Pina Bausch의 따뜻한 카리스마가 그립다.

4

날 닮은
너

핑크

장밋빛 우수의 향기

핑크는 묘한 색이다. 그것은 피어남과 쇠락함을 동시에 담은 색깔이다. 미성숙의 몽상적인 오글거림, 붙들 수 없는 떠나감으로 아쉬움을 자아내는 모호한 젊음의 경계 속으로 우리를 이끈다. 어떤 때 핑크에서는 시럽 감기약 맛이 난다. 쓰지도 않고 달지도 않고, 약 같기도 설탕물 같기도 한, 인상 쓰며 마시게 되는 그 무엇. 그것이 핑크의 현기증 나는 모순성이다. 화이트와 레드의 양극단으로부터 어느 정도의 거리에 놓이느냐에 따라 표상하는 의미가 미묘하게 달라지는 모순의 색, '하얀 빨강', '작은 빨강' 핑크.

1920년대 이전까지 핑크가 원래 남성들의 색이었다는 사실은 또 다른 놀라움이다. 바로크·로코코 시대의 왕자들, 역대 교황들의 초상화를 보라. 모두 분홍색과 빨간색 옷을 입었다. 전

부그로 〈비너스의 탄생〉 1879 파리 오르세 미술관

통적인 서양의 색채 상징에 있어서 빨강이 남성적인 색이고 파랑이 여성적인 색이었다. 서양 회화에서 인간의 피부색(살색)을 독일어로는 인카나트inkarnat, 영어로는 카네이션carnation이라고 부른다. 기독교의 성육신, 육화肉化를 뜻하는 인카나치온inkarnation, 영어로 incarnation에서 유래했다. 카네이션 꽃의 밝은 분홍은 전형적인 피부색으로 많이 쓰였다. 레오나르도 다빈치의 초기작으로 알려진 〈카네이션을 든 성모〉1475경처럼 아기 예수가 카네이션과 함께한 모습으로 그려진 것은 그가 신의 육화임을 의미하는 것이다. (카네이션은 성모의 눈물에서 피어났다는 전설이 있다. 핑크의 어원도 카네이션의 네덜란드어 'pink oog반짝반짝 빛나는 눈'이다.)

핑크가 지닌 이런 양가성을 생각할 때 즉흥적으로 가장 먼저 떠오르는 영화가 소피아 코폴라 감독의 〈마리 앙투아네트Marie Antoinette〉2006이다. 영화 전반을 장식하는 핑크와 터쿼즈turquoise의 시각적 달콤함은 1980년대 뉴웨이브 펑크록과 함께 라뒤레Ladurée 제과점의 마카롱, 그리고 배스킨라빈스 아이스크림의 파스텔 톤이 주는 미각적 판타지를 생산해낸다. 언뜻 바닥에 놓인 컨버스 스니커즈를 일부러 보여주기도 하는 이 뮤직비디오 같은 '파격사극'은 앙투아네트의 천진난만함을 통해, 어쩌면 진지함이 주는 무게보다 더 큰 깊이의 잔향을 남긴다.

루이 16세와의 정략결혼을 위해 베르사유에 갇힌 14세의 오스트리아 공주 마리 앙투아네트는 꽃다운 제 나이만큼의 웃음과 울음에 피어나고 져버린다. 그래서 일본만화가 이케다 리요코池田理代子는 역사상 최고의 스캔들메이커이자 패셔니스타인 그녀를 〈베르사유의 장미〉1972~73로 그려냈다.

우리는 왜 마리 앙투아네트를 끊임없이 기념하는가. 자유 · 평등 · 박애의 시대적 정신이 프랑스혁명으로 분출되어 구시대의 정점들이 모욕당하고 제거당하는 역사적 숙명 속에서, 한때는 선망의 대상이었던 한 인간의 비극적 최후에 대한 동정과 연민이 아직도 살아 있기 때문일 것이다. 장미꽃은 져버렸지만 그 타버린 향기는 기억 속에 쉽게 사라지지 않듯이….

베르사유 궁의 화려한 장식미는 당연히 로코코를 떠오르게 한다. 로코코는 파스텔 톤의 시대였다. 와토Wattcau의 '페트 갈랑트fête galante, 아연화雅宴畵로 번역'가 주는 장밋빛 우수, 부셰Boucher의 가벼우면서도 우아하고, 호화로우면서도 에로틱한 '예쁜 것le joli'의 광휘는 —로코코 회화의 절정인 프라고나르Fragonard의 〈그네〉1766경 속 날아가는 분홍신과 함께— 이후 알렉상드르 카바넬Alexandre Cabanel의 〈비너스의 탄생〉1863과 윌리엄 부그로William Bouguereau의 〈비너스의 탄생〉1879에서 눈부시게 쏟아져 나오는 투명한 '살색'으로 이어진다.

시대 의식이니 혁명 정신이니 구체제에 대한 전복과 파괴, 혁신이 역사의 미덕이 되는 순간, "정말 더럽게 인상적인" 인상주의의 그림은 현대성의 시작1874으로 점차 칭송받게 되고, 고전주의적 아카데미즘의 엄밀함은 상투적이고 매너리즘적인 구습으로 저물어간다.

세속화된 신화적 인물들의 시대착오적인 등장, 현실과 유리된 화면 속만의 시공간을 묘사한 것처럼 보이는 부그로의 그림은 시대성을 망각하고 진실성을 상실한 키치로 평가되었지만, 그의 화면 속에 녹아들어간 굳건한 기본기와 능숙한 손의 감각은 장인의 마음가짐과 수련修練의 성실함을 입증하고 있다. 어느 누가 부그로의 손재주를 부정할 것인가? 동시대를 살았던 모네와 부그로 중 누가 더 잘 그렸단 말인가? 그렇다면 잘 그린 그림과 좋은 그림의 차이는 무엇이란 말인가?

핑크의 소극적인 도발, 불완전한 경쾌함, 도색桃色적인 불온함 같은 것은 젊음이 지닌 불안과 두려움만큼의 슬픈 기운을 풍긴다. 겉으론 웃고 있지만 속으론 울고 있는 떠버리의 뒷모습 같다. 행복감 속에 숨어 있는 우수憂愁를 어쩌면 소녀는, 젊은 여성은 본능적으로 알면서 모르는 척하고 있는지도 모른다. 젊음은 주체 못할 기쁨과 또 감당 못할 막막함만으로도 그들의 정서를 소모하기에 벅차다. 그들에게 주어진 특권이란 이후에 도래할 삶의 진한 슬픔과 고통을 집행유예시키는 것뿐이다. 따라서 핑크빛 청춘靑春은 언제나 '우울한 봄Blue Spring'을 지나며 유보된 진실에 한숨짓고, 불안정한 미래에 소외당한다.

(아주 어릴 적 서커스 공연에서 나는 이 우울한 핑크, 때 탄 듯한 애잔한 핑크를 경험한 적 있다. 초등학교 2~3학년밖에 안 돼 보이는 나와 비슷한 또래의 줄 타는 서커스 소녀. 하얀 타이츠와 몸에 딱 붙는 인디고핑크의 공연복을 입고, 얼굴은 하얗게, 아이섀도는 초록색으로 칠한 그 소녀의 얼굴에서 나는 질곡의 삶을 거쳤을 늙은 여자의 허무를 보았다. 작고 어린 몸과 천박한 듯 짙은 얼굴 화장에서 풍겨 나오는 언밸런스의 기묘한 인상은 부조리한 삶의 통찰로 이끌어준 섬광 같은 이미지였다.)
핑크마니아 패리스 힐튼의 핑크색 벤틀리 같은 가십의 대상들은 매스미디어의 증폭을 통해 더 큰 허상의 신기루를 20대의 여성들에게 드리워놓음으로써, 핑크가 더 이상 현실적인 색이 아님을 전파한다. 비현실적인 허구의 소녀취향적 공간 속에 그 추종자들을 가두고 신데렐라 콤플렉스, 피터팬 신드롬에 빠지게 만든다. 마리 앙투아네트의 핑크도 그런 색이었을까.

선글라스

시선의 권력학

선글라스를 쓰고 다니는 것이 용기勇氣인 적이 있었다. 멋을 부리기 위해 쓰는 선글라스는 말할 필요도 없고, 단순히 자외선 Ultra Violet 차단의 용도로 쓴다 해도 선글라스가 지닌 반항적 감성이랄까 시각적 돌출성 같은 이질감 때문에 비판의 대상이 되곤 했다. 선글라스는 써도 여름에만 쓰는 것으로 여겨지던 시절이었다. 나는 비교적 일찍부터 선글라스를 쓰고 다녔는데 1984년 겨울 단성사에서 〈터미네이터〉가 개봉되었을 때 선글라스를 쓰고 보러 갔었다. 세상과 맨눈으로 마주치고 싶지 않은 시절이었다. 입간판 속의 아널드 슈워제네거와 나만 선글라스를 쓰고 있었다.

페데리코 펠리니의 영화 〈달콤한 인생La Dolce Vita〉1960 초반부 아누크 에메의 시크했던 첫 등장은 그녀가 선글라스를 벗어버

영화 〈롤리타〉 속의 선글라스 1962

리자 멍든 눈가를 드러내는 묘한 반전으로 허를 찌른다. 남으로부터의 시선이 가려졌다가 노출되면서 정체가 드러난 경우가 되겠다. 그러나 선글라스가 지닌 가장 큰 힘은 내부로부터의 자신의 시선을 감출 수 있다는 데 있다. 일종의 무기로 작용하여 자신의 시선을 노출시키지 않은 자아는 상대적으로 노출된 시선의 타자를 기만하고 억압할 수 있다. 세상의 모든 사물들은 라캉Lacan식으로 말해 시선see과 응시eye의 관계 설정 속에서 비로소 존재하게 된다. 저 꽃병을, 저 그림을, 저 연필을, 저 사과를 나는 바라보고see, 그 모든 대상들 또한 나를 바라보고eye 있다는 '바라봄'의 '대응'이 나를 존재케 하고, 너-그것을 존재케 한다.

이런 시선의 게임에서 한쪽의 시선을 감춰버린다면 그 시선에 응시하는 다른 주체는 불안해할 수밖에 없다. 선글라스의 기원이 중국 송나라의 판관이 죄인 앞에 섰을 때 수정에 연기로 그을린 안경을 쓴 것이라고 하는 데 시선의 은폐자가 응시의 노출자를 지배하고 장악하는 게임의 형식을 선글라스가 만들어 준 것이라 하겠다.

CCTV, 몰래카메라, 선글라스는 시각적 권력자가 되어 대상을 '감시'하고 그 시선의 규칙에서 벗어나는 존재에 대한 '처벌'을 준비한다. 제러미 벤담의 '파놉티콘Panopticon'은 효율적인 '널리汎보기視'를 통해 대상자들을 시선의 권력 구조에서 하위에 머무르게 하는데 이것이 바로 선글라스의 폭력성이라고 할 수도 있겠다. 〈복면가왕〉, 〈너의 목소리가 보여〉 같은 TV 프로그램의 '가면 속의 아리아'는 은폐된 시선뿐만 아니라 위장된 음성을 통해 대상의 진면목을 추적해간다. 시선의 권력학 앞에 굴복했던 우리는 우리의 익숙한 눈과 귀를 포기하고, 그 낯선 상황의 체험을 통해서 진실을 발견해가는 아이러니를 맛보게 된다.

나의 시선을 완전히 숨기기 위해선 검은 선글라스—혹은 교통경찰 선글라스처럼 미러 코팅된—가 최고로 효용성을 높여주지만 멋을 부리기 위해선 선글라스도 장소와 상황에 따라 다른 스타일, 다른 컬러가 필요하다. 스포츠용, 레저용, 등산용 등의 극단적인 자외선이 아닌 일상의 풍경 속에서 쿨한 인상을 유지하려면 검은 선글라스 하나만으로는 불가능하다. 일반적으론 회색 선글라스가 웬만한 상황에서 무리 없지만 녹음이 우거진 곳이나 아침저녁 해가 옆으로 움직일 때는 자주색이나 갈색 선글라스를, 비오는 날에는 황색이나 녹색 선글라스를 써야 제멋이 나고 눈에도 좋다. 가시광선의 적절한 배합으로 색깔도 좋아 기분도 좋다.

가장 쿨한 느낌은 역시 검은 선글라스에서 나온다. 그러나 대낮에 쓰는 검은 선글라스는 보디가드나 비밀요원이 점심 먹으러 나온 느낌이라 주변의 공기와 부조화스럽다. 이상하게도 질감적으로 맥락에 안 맞는 듯한 느낌이다. 검은 선글라스는 오후 9시 40분에서 10시 45분 정도에 어느 한적한 재즈 바나 위스키 바에서 홀로 앉아 있을 때 제일 폼 난다. 자정이 가까운 시간까지 쓰고 있는 것은 너무 과잉이고 건강상, 주변의 반응상 부적절하다. 쓰는 사람도 보는 사람도 지친다. 실내에서 쓰는 옅은 색깔의 선글라스는 가식적이며 불순한 느낌을 줄 수 있다. 쿨한 척하는 것으로 보이기 쉽다. 아예 벗어버리는 게 낫다. 순도 높은 카리스마와 진한 고독감을 발산하기 위해선 어두운 실내일수록 검은 선글라스를 써야 한다. 선글라스는 보기 위해서 쓰는 것이 아니다. 보이기 위해 쓰는 것이다. 선글라스는 자기 밖을 보기 위해서가 아니라 자기 안을 보기 위해 쓰는 것이다.

선글라스를 쓰면서 가려진 나의 시선 때문에 어둠이 주는 해방감이 고마워질 때도 있다. 로제 폴 드루아는 《사물들과 철학하기*Dernières Nouvelles des Choses*》2003라는 책에서 이슬람 전통에 따라 두 눈만 빼고 온몸을 베일로 가린 여인과 다른 사람의 시선으로부터 눈만을 피한 선글라스만 쓴 나체의 여인 중 누가 가장 잘 가렸는가를 물어본다. 누구일까? 그리고 그 이유는 무엇일까?

가죽

주름진 삶의 기록

인류에게 있어 최초의 옷이란 수렵을 통해 잡은 동물의 가죽으로 만든 옷이다. 얇고 연약한 피부의 인간이 추운 겨울과 거친 환경을 이겨나가기 위해선 두껍고 보온성이 강한 동물의 가죽을 직접적으로 이용하는 것이 필요했다. 동물의 가죽이나 모피를 두르고 새끼줄 같은 것을 맨 그것이 바로 최초의 의상이었던 것이다.

제1차 의상혁명은 신석기 시대 농업혁명과 함께 시작되었다. 농사를 지으면서 식물성 원료를 가지고 씨줄과 날줄의 직조를 통해서 비로소 인간은 옷의 직접적 표현으로부터 탈피하게 되었다. 이어서 맞춤복의 시대가 도래하였고 인간은 옷을 얻기 위한 생존적 투쟁으로부터 자유로워졌지만 그만큼 옷이 지닌 원시적 강렬함, 원초성은 점점 힘을 잃게 되었다. 옷은 점점 우

김중만 〈가수 김현식〉 앨범커버 1990

리의 표피로부터 멀어져간 것이다.

그렇다면 지금 우리가 축축한 가죽옷에 대한 향수에 젖어 있는 이유는 무엇일까? 바로 가죽옷이 주는 야수성, 마초의 판타지가 아닐까. 온갖 야수들이 활보하는 도시라는 정글 속에서 가죽옷은, 왠지 약음기가 달린 트럼펫의 재즈 선율과 함께 비에 젖은 아스팔트 위를 걷고 있는 고독한 남자의 뒷모습을 떠올리게 한다. 그래서 검은 레더 재킷은 고독한 영혼만이 입을 수 있는 특권이다.

삶을 진정 정면으로 마주하겠다는 듯 재킷의 깃을 올리고 자신의 카메라(세상의 시선)를 쏘아보던 —AIDS로 죽기 1년 전 해골스틱을 손에 꽉 쥐고 죽음에 맞선 응시를 보여준 최후의 초상1988의 눈빛과는 다른— 1980년의 로버트 메이플소프Robert Mapplethorpe, 앤디 워홀의 황금빛 캔버스 〈말런Marlon〉1966 위에서 검은 성상聖像으로 각인된 말런 브랜도, 버펄로가죽인 듯 굵은 주름의 검은 점퍼를 입고 고개 떨구며 웃고 있는 앨범 사진 속의 가수 김현식 등 처절하게 자기 몸뚱이를 소진해버리는 순수함만이 검은 레더 재킷을 소화해낼 수 있다. 그래서 속된 육체들의 가죽옷은 야수가 아닌 가축의 냄새가 난다.

그것은 진짜 가죽genuine leather과 가짜 가죽이 지닌 포스의 차이와 같은 것이다. 가죽이 피부의 노출이듯이 가죽옷을 입은 사람은 자신의 리얼리티와 인격이 그대로 노출된 알몸 그 자체이다. 이데아의 적나라한 드러남과 다가옴, 그리고 '감동'이라는 마음의 움직임…. 때문에 좋은 가죽을 보는 것은 진실한 음악을 들었을 때와 똑같은 미적 체험을 갖게 해준다. 소리는 눈에 보이지도 손에 잡히지도 않지만 우리를 울리는 마법 같은 힘이 있다. 이데아의 몰감각적인 드러남이 음악의 힘이다. 플라톤은 그 힘을 경계했다.

그렇다면 가죽의 이데아란 어떤 것일까? 터프함, 시크함, 자연스러움, 오래되었지만 빛나는 그 무언가가 아닐까. 그것은 어쩌면 우리가 잊고 잃어버린 삶의 본질 중의 하나일지도 모른다. 가죽은 속일 수 없는 삶의 진실을 보여준다. 확대된 모공을 부끄러워하지도, 처진 피부를 부인하지도, 주름진 눈가의 광채를 덮어버리려고도 하지 않는다. 중력의 방향에 역행하는 우리의 욕망은 가죽의 미덕 앞에 부끄러워져야 한다. 나는 깊게 패인 주름진 얼굴의 페이 더너웨이Faye Dunaway의 허무한 웃음을 사랑한다. 그 웃음은 아무도 갖지 않은, 아무도 가질 수 없는 그녀만의 웃음이기에 소중하다. 이 세상에 하나밖에 없는 표정을 간직한 그런 가죽이 진짜 가죽이다.

벌써 몇 년 전이다. 일본 동경에 가서 g 회사 제품의 수제 가죽 지갑을 적지 않은 돈을 들여 구입했다. 연한 갈색의 통가죽으로 만들어진 자연 친화적인 이 제품 속엔 작은 종이 한 장이 들어 있었는데 그것은 이 지갑이 손톱 같은 것으로 긁히면 자국이 남을 수도, 오래되면 때가 탈 수도, 물이 묻으면 변색될 수도 있다는 사용안내서 같은 것이었다. 요즘처럼 좀처럼 죽지도, 썩지도, 변하지도 않는 시대에 살면서, 시간의 흐름에 따라 변하기 쉬운 자연산 가죽을 쓰기 시작하는 소비자가 놀랄까봐 미리 앞서 위로해주는 의사의 처방전 같았다. 그래도 연약한 물건이 상할까봐 아직도 난 이 지갑을 사용하지 못하고 그저 가끔씩 서랍에서 꺼내어 쓰다듬어 보곤 하지만, 어쩌면 이 지갑이 나보다 더 오래 살 수도 있겠구나 생각해보니 갑자기 마음이 편해져 온다. 물아일체物我一體의 안도감, 나와 하나가 되어버린 사물이 주는 애틋함이 소중하게 느껴진다. 내가 가더라도 이놈은 남아 자기의 주인이 어떤 성격의 사람이었는지 고스란히 증명해줄 것이다. 그리고 그것은 가죽이기에 가능한 얘기다. 가죽은 상처받고 찢기고 녹아내리며 변해온 내 인생의 기록이다. 변함을 피하려거나 숨기려 하지 말고 그 자체를 받아들이고 즐기고 새기자. 그것이 가죽이 나에게 전하는 말이다.

펫

날 엄마이게 하는 것

동물도 말을 한다. 그 언어가 눈빛이건 작은 표정이건 그리고 으르렁거림이건 울부짖음이건 인간인 우리가 감지할 수 있다. 동물의 말은 인간의 언어처럼 복합적이고 심층적이지 않은, 동물적 본능에서 크게 벗어나지 않는 단순한 구조를 지닌 것이지만, 분명 발화적 표현을 하고 있는 것이다.

프랑스의 생화학자 자크 모노Jaques Monod, 1910~76의 《우연과 필연*Le hasard et la nécessité*》1970에 의하면 창조(생명의 탄생)는 우연이고 진화는 필연이다. 우리 인간의 언어도 뇌의 진화에 따라 그 용량이 커지고 언어를 구성할 수 있게 된 어느 순간 갑자기 터져 나왔다. 그리고 그 언어들은 사회적 환경 속에서 진화를 지속해왔다.

동물들의 뇌 구조가 인간에 필적할 만한 것이라면 그들도 보

배운성 〈가족도〉 1930~35

다 복잡한 사고와 언어를 구사할 수 있을 것이다. 아니 거꾸로 긴 문장의 언어를 많이 쓴다면 그들의 언어적 뇌도 진화할 수도 있을 것이다. 어쩌면 그들끼리는 인간처럼 미묘한 뉘앙스까지 다양하게 소통하고 있는지도 모르겠지만, 그리고 그것을 인간에게 표현할 필요를 못 느끼고 있는지도 모르겠지만, 그들이 인간에게 건네는 대화는 우리의 관점에서 느끼기엔 아직 한계가 있는 것이 사실이다.

말을 자꾸 할수록 새로운 생각이란 게, 개념이란 게 생겨나고 확장될 수 있다. 말이 생각이나 의도를 나타내거나 담는 그릇이나 도구가 아니라 오히려 말이 생각을 만들어낼 수 있다. "너 그렇게 말하지 마. 말한 대로 된다니까" 하고 불길한 미래를 얘기하는 친구에게 우리는 조언한다. 말이 생각을 만들고, 시간과 실천을 만든다. 말은 관념론의 대상이 아니라 유물론의 대상이 된다. "태초에 말씀이 있었다."

애완동물이란 말이 인간우월주의가 지닌 폭력과 횡포를 내재하므로 요즘은 반려동물이라는 이름으로 인간과 가까운 동물들을 부르고 있다. 디즈니 애니메이션 〈피노키오〉1940에 나오는 긴 눈썹의 금붕어, 영화 〈마지막 황제〉1987에서 어린 푸이의 애완동물이 되었던 여치를 비롯해서 각종 곤충류, 갑각류, 어류, 조류, 파충류, 포유류 등 거의 모든 동물이 펫pet으로 우리와 함께 생존하고 있지만, 가장 흔한 펫은 강아지와 고양이가 될 것이다.

개와 고양이의 성격이 다르듯이 펫의 종류에 따라 그 주인의 성격과 취향을 가늠할 수 있다. 개를 데리고 다니는 여인과 고양이를 품고 있는 여인은 분명 다른 분위기를 풍긴다. 여성들은 자신의 라이프스토리와 성격을 그들에게 주입시키고 그들을 자기화, 영토화한다. 그러나 "우리 애기"라고 부르는 그들과의 교감을 통해서 자신들의 인격과 성품을 고양시키기도 한다. 기본적으로는 모성애에 기초한 사랑으로 그들과 관계를 시작하지만 오히려 모성애라는 것이 무엇인지 가르침을 주는 것은 그들 "우리 새끼"이다.

펫은 영원히 자라지 않는 애기이다. 때문에 그들의 충성심은 불변함을 유지한다. 주인이 부자이건, 가난하건, 설사 범죄자일지라도 그들은 주인을 불평하지도 배반하지도 않고 기다린다. 모든 여정을 마치고 이타카Ithaca로 돌아온 허름한 몰골의 율리시스를 반기는 건 그의 아내 페넬로페도 아니고 그의 충견 아르고스Argos였다.

사진작가 주명덕의 〈한국의 가족, 논산〉1971이나 1922년 독일로 가 한국인 최초의 유럽 미술유학생이 된 배운성의 〈가족도〉1930~35를 보면 누렁이와 백구가 등장한다. 개도 분명 그 집안의 구성원이라는 생각이 배어 있다. 개는 1만 3000년 전부터 사육된 최초의 가축으로 인간의 가장 오래된 반려동물이다. 최초의 개는 사로잡힌 늑대였을 것이다. 개뿐만 아니다. 농경문화권에서 소는 또 어떠한가. 소비에트 집단농장화, 콜호스 Kolkhoz 운동의 과정을 그린 숄로호프의 장편 《열려진 처녀지》 1932~60에서 공동소유가 되어버려 강제로 헤어진 자신의 소가 여물을 잘 먹고 있는지 찾아가 살펴보는 농부들의 심정은, 체 게바라의 젊은 날의 남미여행기를 그린 영화 〈모터사이클 다이어리Diarios de Motocicleta〉2004에서 여행 도중 수명을 다한 '애마 愛馬 포데로사poderosa'를 버려야 하는 아쉬움으로 전개된다. 펫은 인간의 몸으로 태어나지 않은 또 다른 인격체인 것이다.

펫은 아무 말이 없다. 펫에게서 느끼는 연민은 결국 자기애의 투사가 강한 원인이 될 것이다. 펫에 들인 정성과 시간과 애정이 그 펫에게 고유한 광채를 입힌 것이다. 운전면허가 없는 나 때문에 우리 집에서 운전할 수 있는 사람은 팔순이 넘은 나의 아버지밖에 없다. 나이가 드셔 더 이상 운전이 힘들어졌기에 몇 년 전 마지막으로 우리와 함께했던 승용차를 팔았다. 출근하기 전 아침 아파트 주차장으로 내려가 마지막으로 쓰다듬으며 인사를 했다. 그동안 고마웠다고. 잘 가라고.

평생 펫을 돌보는 가까운 누군가가 말해줬다. 키우던 개들이 늙어 죽기 전에 항상, 아주 잠깐 온몸의 털에서 빛이 나면서 맑고 예뻐질 때가 있다고. 마지막 번호판을 붙이고 있던 우리 집 차에서 그런 아우라aura가 내비쳐졌었다.

헤어스타일

라인과 컬러, 무언의 말

첫인상에 가장 큰 영향을 미치는 것은 헤어스타일이다. 긴 머리와 짧은 머리, 곱슬머리와 생머리, 검은 머리와 염색 머리 중 당신에게 잘 어울리는 머리는 어느 것인가? 시대에 따라 지역에 따라 수많은 헤어스타일이 존재하지만 이렇게 개성 있는 형형색색의 머리들이 존재하는 것은 얼마 안 된 우리 시대의 이야기다. 근대 이전까지만 하더라도 획일적인 스타일이 존재했고, 집 안팎, 낮과 밤의 스타일이 고정되어 있었다.

미래의 헤어스타일은 어떤 것일까? 〈가타카Gattaca〉1997 같은 SF영화나 미래영화에서는 단색의 제복과 유사한 머리스타일의 차가운 인간 모드, 진공된 느낌의 전체주의적인 디자인의 미장센이 대부분이다. 미래의 패션 세상을 무색무취의 비인간적이고 몰개성적인 디스토피아의 색채로 그리고 있는 경우가 많다.

단테 가브리엘 로세티 〈레이디 릴리트〉 1866~68 델라웨어 미술관

그러나 회사나 조합, 정당 등과 같은 계약이나 조약에 의해 얽혀진 게젤샤프트Gesellschaft, 이익사회 내에서의 패션 또한 조직의 규칙에서 크게 벗어나지 않았다. 역사상 오늘날처럼 자유롭고 자발적으로 다양하게 머리를 꾸미고, 옷을 입었던 시대는 드물 것이다.

우리 시대 여성들은 평균 두 달에 한 번 미용실을 찾는다. (경기가 안 좋을 때는 서너 달, 남편과 사이가 안 좋은 여성은 반년 만에 찾는 여성도 있다.) 오래전부터 젊은 여성은 대부분 영화배우나 패셔니스타의 헤어스타일을 모방하는 것에서 자신의 스타일링을 시작한다. 그들의 두상과 피부색, 머리숱, 신체 비율과는 상관없이 —자신과는 동떨어진 맥락의 스타일이라도— 일단은 매스미디어를 통해서 만들어진 캐릭터를 자신의 것으로 소유하고자 한다.

중년의 여성은 자신의 리즈 시절 스타일을 고집한다. 헤어스타일만이 아니라 화장법, 패션스타일까지 20~30년 전의 것을 그대로 고수하는 여성들이 적지 않다. 청춘의 끝자락을 놓지 않으려고 발버둥 치는 것 같아 안쓰럽기도 하고, 변화를 피한다는 고집이 오히려 게으름으로 비쳐지기까지 한다. 아마도 미용실을 바꾸는 것이 남편 바꾸는 것만큼 귀찮고 어려운가 보다.

여기까지는 그런대로 괜찮다. 이상하게도 우리나라에서는 누가 정하지도 않았는데 환갑을 전후해서는 거의 한 가지 헤어스타일로 획일화된다. 브로콜리헤어 혹은 철모鐵帽, 헬멧헤어로 전 세계에서 가장 강렬한 인상의 여성상을 과시하게 되는 것이다. 푸른 눈의 흰 피부, 그리고 금발은 서양 미인의 3대 조건이다. 그러나 이 모든 것은 모두 열성유전자를 지니고 있다. 최근 이 세 가지 조건을 갖춘 여성의 비율이 줄어들고 있다고 한다. 우리에게 이런 조건을 지닌 여성을 글래머러스한 이상형으로 각인시킨 이는 1953년 남성을 위한 잡지 《플레이보이》를 창간한 휴 헤프너Hugh Hefner이다. 그는 메릴린 먼로의 누드를 실은 창간호1953년 12월호, 5만 권 이상 판매됨의 서문에서 "우리는 어떠한 세계의 문제들을 해결해낸다든지, 거대한 윤리적 진리를 제공하길 기대하지 않는다. 만약에 우리가 미국 남성들에게 원폭시대의 두려움으로부터 약간의 기분전환과 얼마간의 웃음을 줄 수 있다면 우리는 그것으로 우리의 존재를 정당화할 수 있게 될 것이다"라며 청교도주의의 기운이 아직도 남아 있는 미국사회에 혁명적인 성性의 정치학을 선포했다. 기본 콘셉트는 '이웃집 여자Girl Next Door'였다. 허구와 신화의 비너스를 현실과 일상의 여성으로 전이시키고, 누드nude와 네이키드naked의 경계를 넘나들며 전 세계 남성들의 성적 취향과 시각에 상당한 영향력을 행사했다. 대중적 성적 기호의 국경과 기준을 제공한 것이다. 그러나 영화 〈신사는 금발을 좋아해Gentlemen Prefer Blondes〉1953의 메릴린 먼로도 원래는 금발이 아니었다. 게다가 우리가 생각하는 '차가운 미인'의 이미지도 히치콕 영화의 수많은 금발 여주인공들의 심리적 고립감에서 기인했다고 보아도 틀림없을 것이다. 결국 따뜻한 백치의 금발과 차가운 기품의 금발은 모두 특별한 미감을 발산하는 미인이 되었던 것이다.

서양은 햇빛(유목)문화권, 동양은 달빛(농경)문화권의 광원光源에서 벗어날 수 없는가 보다. 동양에서는 검고 윤택한 긴 머리가 미인의 주된 조건이었다. 중국에서는 일찍이 '오발선빈烏髮蟬鬢'이라 하여 '윤기 흐르는 검은 머리카락, 쪽을 진 머리 앞쪽으로 매미 날개처럼 윤기 있는 머리카락을 양 갈래로 흘러내림'을 미인의 제1조건으로 삼았다.

길고 가느다란 선형의 감각은 동양적 미감의 주요한 요소인데 미인을 버드나무에 비유한 시가 많은 것도 그런 이유이다. 아름다운 긴 머리칼을 유발柳髮, 버드나무의 가는 가지細柳 같은 허리를 유요柳腰, 버들잎 같은 눈썹을 유미柳眉라 하여 칭송했다. 꺾은 버드나무 가지折柳는 이별의 증표였다. 조선 시대 기생 홍낭은 '묏버들 가지 꺾어 보내노라 님의 손에. 주무시는 창밖에 심어두고 보소서. 밤비에 새잎 곧 나거든 나인가도 여기소서'라는 절창絶唱을 남겼다.

가장 동양적인 아취雅趣와 정서를 주는 식물은 사군자四君子가 아닌 버드나무, 능수버들일 것이다. 길게 늘어진 머리칼 혹은 옷자락처럼, 물길에 풀어지는 수초처럼 강변 강둑에서 봄바람에 헤적이는 실버들의 움직임은 생각의 살갗을 꿈결처럼 간지럽히는 것 같아 초현실적이다. 천국의 풍경은 저런 속도로 움직이고 있을 것이라는 데자뷔를 슬며시 건네준다.

1905년 "파마permanent"의 발명으로 머리 손질의 수고가 덜어졌고, 1909년에는 로레알 상사가 모발을 손상시키지 않는 염색약을 발명했고 이어서 헤어드라이어도 등장했다. 1928년에는 오늘날의 샴푸가 등장했고, 1950년대에는 헤어스프레이로 머리를 고정시키기도 하였다. 머리 장식과 연관해서 머리핀, 머리빗, 가발 등은 여성의 '연장된 피부'인 머리칼에 연관된 수많은 러브스토리의 소재가 되었다. "1달러 87센트. 그것이 전부였다"로 시작되는 오 헨리의 단편 〈크리스마스 선물The Gift of the Magi〉1905에서 보여준 가난한 부부의 그 예쁜 사랑은 과연 언제까지 지속되었을까 궁금해한다면 너무 건조한 중년의 관심사일까.

젊은 날 영화 〈아웃 오브 아프리카〉1985에서 로버트 레드퍼드가 메릴 스트리프의 머리를 감겨주는 눈부신 장면을 보고, 나도 언젠가 사랑하는 여인의 머리를 감겨주는 '의식'을 행해보리라 생각해본 적이 있다. 그리고 결혼으로 사랑의 세속화를 이룬 이후 나는 또 하나의 의식을 계획했다. 죽기 직전에 그동안 나를 지켜준 여인에게 큰절을 한번 올리고 싶다. 그것이 아직 완성되지 않은 나의 버킷리스트 중의 하나이다.

호피

특별한 관능의 표식

로마 시대를 배경으로 한 사극영화들을 보면 반라에 황금장식을 하고, 두 마리의 표범을 데리고 다니는 황후가 등장한다. 맹수를 애완견 다루듯이 다루는 그 눈빛이 동물보다 더 짐승적이다. 가끔씩 그녀의 살갗에 거친 듯 매끄러운 표범의 털들이 스칠 때 왠지 모를 야릇한 웃음과 관능적인 공기가 화면 밖으로 흘러나오곤 했다. 아마도 럭셔리한 모피에 보석 같은 두 눈을 박고 있는 그들은 살아 있는 최고가의 장신구였으리라.

어릴 적 이 잊지 못할 비현실적 광경에서 시작된 야릇한 판타지는 메두사, 스핑크스, 인어를 비롯한 환상의 동물들을 지나 베르사체의 금박 서체, 돌체앤가바나의 은밀한 안감을 거쳐, 오펜하임M. Oppenheim의 털로 만든 커피잔 세트에 이르기까지 감각적인 이율배반으로 가득한 초현실주의의 불온한 상상으로

정해진 〈新호피도 1〉 2010

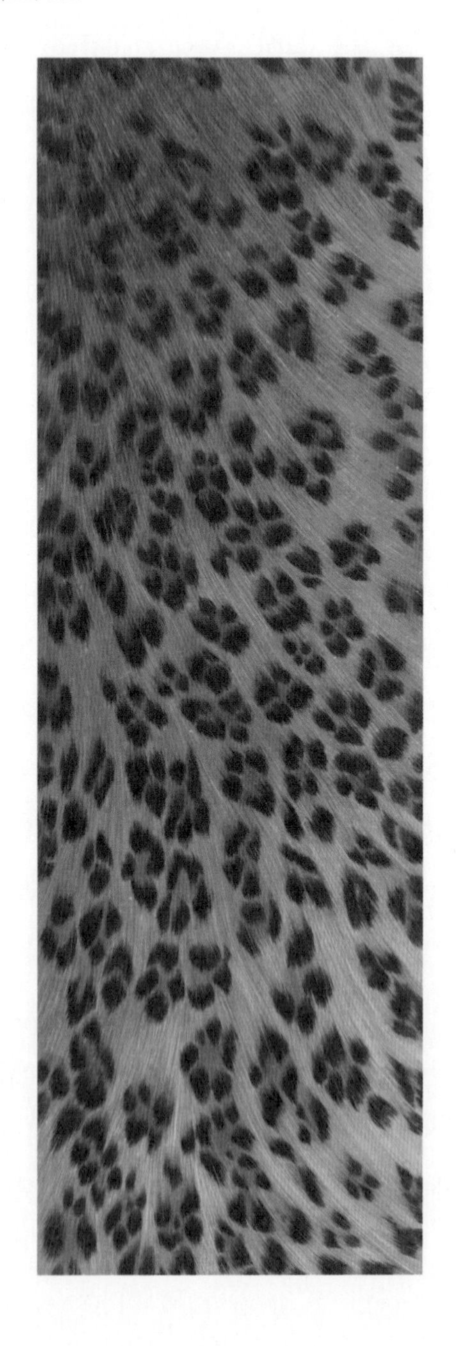

이어졌다. 호피무늬가 인기 있는 이유는 그것이 눈에 안 띄는 듯하면서도 가장 눈길을 사로잡는 기호이기 때문이다. 호피무늬는 평범한 일상에 원시적인 생동감, 자유로운 야생의 향취를 풍긴다. 물방울무늬와 다를 게 없다. 어떤 사물 위에 얹힌 물방울무늬가 발랄한 생기를 부여하듯이 호피무늬는 무생물의 대상에게조차도 태곳적 시간과 이국적 고향을 입혀준다. 물방울무늬가 낭만적인 힘으로 사물을 도드라져 보이게 만들어 준다면, 호피무늬는 '변신'이라는 본능적 갈망의 의지를 가장 강력하게 새겨 놓는다.

틀에 짜인 생활공간, 규격화된 기성복의 시대를 사는 현대인에게 세렝게티의 들풀 사이를 누비는 레오파드의 표식은 고독하면서도 자유로운 영혼의 상징일 수밖에 없다. 인공미가 예찬되고 미니멀리즘이 고등 언어로 인정되는 세상 속에서 호피무늬는 그 질식의 틈을 비집고 나와 강자의 관용과 여유를 보여준다. 호피무늬로 내 몸을 장식하는 것은 극단적으로 말해 내가 호랑이가, 표범이 되고 싶다는 욕구의 표현이라 할 수 있다. 호랑이의 의젓함과 강인함, 표범의 민첩성이 지닌 쿨한 인상을 소유하고 싶다는 욕망을 드러내며, "너도 그렇지 않니?" 하고 반문한다. 때문에 호피무늬는 타인에게 시선을 던지고 그들의 응시를 기다리며 동의를 구하는 대화를 가능케 하는 부호이자 언어가 된다. 연약한 인간의 피부와 대조되는 동물의 가죽과의 혼성이 반수반인과 이종교배의 트랜스포머의 생태학을 보여준다면 너무 지나친 비약일까?

호피무늬건 물방울무늬건 모두 스프라이프 문양이 우리에게 전달하는 시각적 호소와 크게 다를 바 없다. 스트라이프는 '구별'과 '방지'의 의미를 지니고 있다. 죄수복이 줄무늬였던 것은 다른 법적 지위에 놓인 존재에 대한 표현이며, 어린아이들의 침대 세트가 파스텔 톤의 줄무늬를 지니고 있는 것은 모든 사악한 것과 병균을 막는다는 의미에서 그렇게 쓰여진 것이다.

우리의 민화民畵에서도 〈호피도〉는 벽사辟邪와 액막이용으로 그려졌다. 털 한 올 한 올 정밀하게 그려진 호피 그림은 수요 급증으로 실제의 호피를 대용한 것이다. 또한 호피가 걸쳐진 의자에 앉아 용맹했던 과거를 회상하는 조선조 무인武人들의 초상화도 있다. 부귀와 명예, 위엄과 권력을 뒷받침해주는 데 호피만큼 효과적인 문양은 없다.

제대로 된 호피 프린트를 소유하기 위해선 적지 않은 돈이 요구된다. 최근엔 복사에 재복사한 듯한 싸구려 프린트들이 수없이 남발되면서 호피가 지닌 권위를 조롱하고 상실시킨다. 문맥을 벗어난 호피무늬의 범람이 졸부적 반짝임과 키치적 가벼움을 방출하고 있다. 가죽의 사치스러움을 누를 수 있는 내면의 광채가 진정한 패션의 완성일 것이다. 호피는 품격을 높이기도 하고 낮추기도 한다. 그 사람의 내공에 따라서….

향수

원초적 본능의 일깨움

향수는 향수鄕愁다. 내가 처음으로 유럽여행을 갔을 때였다. 좁은 좌석에 몸은 구겨지고 장시간의 비행 탓에 손발이 다 부어갔다. 어두운 기내에 피곤한 상념과 무미한 공기만이 쌓여갈 때, 복도 쪽에 앉아 있는 내 옆으로 스튜어디스가 살랑살랑 지나갔다. 그런데 그 순간, 너무나도 달콤한 향기가 나를 기사회생시켰다. 처음 맡아보는 향수 냄새였다. 동그랗고 따뜻함이 배어 있는 것이 청초하고 드라이한 꽃향기는 아닌 듯했고, 분명 과일 향이 우세한 향수였다. 나는 그녀에게 그 향수가 무엇이냐고 자존심상 물어볼 수는 없었다. 도착하자마자 파리에서 제일 큰 향수 가게를 찾아 신제품 중심으로 코로 검색을 한 결과, 드디어 그 향수를 찾아냈다. 그걸 내 아내에게 선물해서 나 혼자만 즐기고 싶었다. 20년이 지난 지금 그 향기는 사라지고

클림트 〈유디트〉 1901 빈 벨베데레 궁전

없지만, 그 향수 이름만 생각하면 이상하게도 아내의 얼굴보다도 그 스튜어디스의 얼굴이 생생히 떠오르니 참 오묘한 기억의 습작이다.

향수는 거짓말이다. 향수는 남을 의식하며 뿌리는 것이다. 혼자 있을 때 향수를 뿌리는 경우도 종종 있지만, 그것은 내가 나 같지 않을 때다. 내가 자꾸 지워지는 것 같을 때, 내가 되고 싶은 나와 점점 멀어져감을 느낄 때, 즉 허무하고 외로울 때 우리는 향수를 뿌린다.

향수가 고대 신전神殿의 언어로써 탄생한 것은 의심할 여지가 없어 보인다. 그런데 하늘로 승화되며 인간의 더러움을 가려주려 했던 이 연기들은 한편, 장엄한 시각 효과를 제외하면 오히려 차갑고 누추한 현실을 부추긴다. 식은 잔향의 쓸쓸함은 바람처럼 향기처럼 자유롭지 못한 몸뚱어리들의 비참함을 다시 확인시켜준다.

향수는 유혹이다. 어떤 여인이 스쳐 지나간다. 이 세상에 없는 듯한 향기가 나를 끌어당긴다. 그 여인의 뒤를 따라가고 싶다. 그러나 나는 유부남, 그녀에게 빠져버린다면 나는 치명적인 결과를 맞이해야 한다. 머리로는 그렇게 판단이 내려지지만 너무나 매혹적인 향기이기에 끌려갈 수밖에 없는 향수. 그 향수의 이름은 '푸아종poison'. 영어로는 '독약'이다.

세기말 팜파탈의 이미지는 이성에 대한 감성, 정신에 대한 육체의 승리를 보여준다. 메두사의 다중인격, 스핑크스의 인간과 동물의 결합, 율리시스를 몸부림치게 만드는 세이렌의 노랫소리, 사랑하는 이의 죽음까지 소유하려는 살로메의 욕망…. 그것은 1백 년 후까지 이어져, 성녀를 창녀의 이미지로 전복시킨 마돈나, 죄인인 줄 알면서도 무릎 꿇을 수밖에 없는 샤론 스톤의 악녀·요부 시리즈로 연결된다.

구스타프 클림트의 〈유디트Judith〉1901는 자신이 벤 적장의 머리를 화면 아래에 움켜쥐고 있으면서 반쯤 가슴을 드러내고 입을 살짝 벌린 채, 게슴츠레 우리를 바라보고 있다. 나라를 위해, 신앙을 위해 그랬다고는 하지만 그녀는 조금 전 사람의 목을 자른 무시무시한 여자다. 그러나 그녀의 황금빛 눈빛 속으로 자꾸만 빠져들어 가게 된다. 우월한 색채의 몸body, 육체가 정신을, 감각이 인식을 지배한다. 우리의 이성은 상처받는다.

향수는 권력이다. 냄새는 삶의 경험과 밀접한 연관을 갖고 있다. 냄새는 그 사람을 가장 직접적이고 진솔하게 드러낸다. 때문에 냄새가 집단, 인종, 성, 계급, 민족, 국적을 구분하고 묘사하는 데 이용된 적이 많았다. 소크라테스는 노예와 자유인이 다른 향수를 써야 한다고까지 주장하였다. 향수가 널리 퍼지면 신분 구분을 해칠 수 있다는 생각에서였다. 좋은 냄새가 나는 사람은 귀하고, 선하고, 아름다운 사람이고, 악취가 나는 사람은 천하고, 악하고, 추한 사람으로 인식되었다.

어떤 면에서 향수는 자신이 몸담고 있는 삶의 정체를 무마할 수 있는 수단이 되어버렸다. 모두가 그런 것은 아니지만 자연스러움과 진실됨, 인간적인 체취의 다양함을 지워버리고, 인공적인 향기, 삶과 괴리감을 지닌 획일화된 냄새의 확산으로 세상을 단조롭게 만든다. 그것에 상업적인 신화까지 덧붙여진다면, 우리는 샤넬 '넘버 파이브'의 메릴린 먼로, 에스티로더 '뷰티풀'의 앤디 워홀과 함께 눈에 보이지 않은 영원을 헛되이 누리고 있는 것이다.

타투

세계와 불화한 자들의 표식

몸에 무언가를 새긴다는 행위는 분명, 그 무정부주의anarchism적인 이미지로 자신의 정체성을 재확인하려는 강한 의지의 표명이다. 중세적 어둠으로 아로새겨진 문양은 크건 작건 열정의 신호가 되어 부적처럼 이후 모든 삶의 행위들을 옹호해나간다. 피부의 바깥에 새겨진 것이지만 그것은 그 사람의 혼의 밑바닥에서부터, 마음 깊숙한 저곳으로부터 피어오른 불꽃과 같은 것이다.

그저 심심해서 자신의 몸을 낙서장처럼 만드는 사람은 없다. 처벌의 낙인 같은 후천적인 이 상처는 외부로부터 주어진 감시의 시선에 자신의 몸을 맡기지 않으려는, 정신적 자유를 위한 분노와 저항의 능동적인 선공先攻이다. 그 순수했던 감정의 극점을 기억하고 소유하고 싶어서 문신文身을 하는 것이다.

반 고흐 〈올리브 나무〉 1889 뉴욕 현대미술관

문신을 하지 않은 사람은 있어도 문신을 한 번만 한 사람은 없을 것이다. 문신은 일종의 중독성을 지니며 크기에 상관없이 자신自身의 몸과 마음에 대한 주체적이고 독립적인 태도를 반복적으로 혹은 정기적으로 선포한다. 자신이 도달했던 절정의 순수가 불순함으로 흐려지고 탁해지려 할 때마다 자기의 내면을 향해 고통과 찌름의 메시지를 보내는 것, 그것이 문신이다.

방귀를 아홉 글자로 말하면 '내적 갈등의 외적 표현'이라는 유머가 있다. 그러나 이것이 표현주의 미술의 핵심이다. '추상표현주의의 시원始原' 반 고흐는 세상의 모든 풍경과 사물을 자신의 마음속에서 뒤틀고 녹여낸 후, 캔버스 위에 피를 뿜듯 물감을 통해 토해낸다. 그의 그림은 캔버스 위에서의 색채와 형상의 유희적 표현이 아니라 캔버스 이면에서 꿈틀대는 정신적 고뇌의 상징화symbolization인 것이다. 문신은 정신적 내면의 갈등과 열정이 피부라는 캔버스 위로 배어 나온 마음의 초상이다. 그래서 문신의 본질은 반 고흐의 그림 속에 새겨진 '찬란한 고통'과 그 질감을 같이한다. 고통을 외면한 인생은 비겁하고 정직하지 못하다. 고흐의 불꽃 같은 그림은 절규하는 록Rock 뮤직의 비주얼 버전이다. 때문에 보디페인팅이나 헤나henna 같은 고통 없는 치장은 록 정신에 위배된다. 판박이 무늬를 한 록 가수는 부끄럽다. 그나저나 반 고흐는 문신을 했을까?

문신의 부정적인 역사는 너무나 길다. 타투의 어원은 폴리네시아어로 '치다'의 의미를 지닌 '타ta', 또는 타히티어로 '표시하다, 새기다'를 뜻하는 '타타우tatau, tattaw'에서 유래되었다. 역사의 변방으로 취급받은 폴리네시아 같은 태평양 지역 문화권으로부터 본격적인 유입이 시작되어, 로마 시대에는 노예나 범죄자의 얼굴과 몸에 문신을 새겼다. 이후 주로 죄수, 군인, 검투사, 선원들, 갱 조직, 서커스단 등으로 확산되며 특정한 집단 정체성을 강화하는 데 연원을 두었다. (조직폭력배 소탕 기사엔 항상 웃통을 벗겨 줄을 세우고 찍은 사진이 등장한다. 물론 "야매"로 한 대부분의 문신에서 키치성이 드러난다.)

비범함을 강조하는 문신의 기원이 샤먼 같은 특정 지위로부터 시작되었을 것이라는 가정은 틀리지 않을 것이다. 이후 주술성의 마력은 '몸 부적'의 의미를 지니며 사냥과 전쟁 등에 앞서 종족의 집단적 결속을 강화하는 전통으로 계승되었을 것이며, 낙인과 같은 신분 차별의 표식으로써도 사용되었을 것이다.

서구 역사에 있어서 가장 강력한 영향력은 당연히 구약성경레위기 19:28의 금기에서 시작된다. "죽은 자를 위하여 너희는 살을 베지 말며 몸에 무늬를 놓지 말라. 나는 여호와니라"개역 한글판를 쉽게 풀어쓰면 "죽은 사람을 생각하며 슬퍼한다고 몸에 상처를 내지 마라. 몸에 문신도 하지 마라. 나는 여호와이다"쉬운성경가 된다. 북한 성경은 "사람이 죽었다고 해서 너희 몸에 상처를 내어서는 안 된다. 너희 몸에 먹물로 글자를 새기지도 말

라. 나는 여호와이다"이고 킹 제임스 버전은 "Ye shall not make any cuttings in your flesh for the dead, nor print any marks upon you: I am LORD"이다. 이러니 피어싱piercing에 대해선 얼마나 더 큰 혐오감을 표시하겠는가.

우리나라에서도 입묵入墨, 자문刺文, 자청刺青 같은 문신이 오래 전부터 존재했으나 "우리 몸은 부모님께 받은 것이니 함부로 상하게 하지 않는 것이 효의 시작이다身體髮膚 受之父母 不敢毁傷 孝之始也"라는 《효경孝經》의 영향이 지대했고, 먹 글자를 얼굴에 새기는 묵형墨刑인 경형黥刑에서 "경黥을 칠 놈"이라는 꾸지람과 욕설이 나올 정도로 문신에 대한 부정적인 시선은 유래가 깊었다.

유럽의 타투 가게를 가면 수십 개의 타투 그림 밑에 타투의 이름을 적어놓은 카탈로그 광고판이 붙어 있다. 마치 중세 상징어 사전의 단어가 아름다운 시구로 선택되기 위해 기다리고 있는 듯하다. 우리 시대의 문신은 주로 사랑의 서약을 각인시키는 증표로서, 혹은 내면화된 심미적 언어의 패션으로서 작용한다. 현재 연인의 이름을 마지막 사랑으로 믿으며 영원한 사랑의 노예가 되길 허락하는 이 결의의 흔적은 먹물로 짙게 쓰인 기나긴 사랑의 이력서가 될 수도 있다. 그 흔적이 추억과 자랑보다는 후회와 상처로 남는 경우가 더 많을 것이다. '그 뜨거웠던 순간은 미치도록 좋았지, 내 살과 내 피 모두가 네 것이었는데, 너는 나의 믿음이었고 전부였는데, 지우지 못할 줄 알면서

도 널 위해….'

여성의 경우 일반적으로 과도한 문신의 노출은 자제된다. 옷을 입으면 가려지는 부분, 은밀한 부위의 근처에 배치된다. 옷을 입고 벗을 때, 어떤 몸짓에 따라 힐끗 보이는 노출의 미묘함이 문신한 몸의 매력을 배가시키기도 한다. 그러나 문신의 아름다움이 육체의 아름다움을 능가한 적은 없는 것 같다. 신체의 형태와 질감에 의해서 선택되는 이미지와 색채의 적합성에 따라 그 여성의 센스가 드러나는데, 애교점이 얼굴에 밀도 높은 긴장감을 불어넣듯 문신은 밋밋한 신체에, 아니 인격에 몰입도를 부여한다.

1996년 아시아계 최초로 《플레이보이》의 모델이 된 이승희는 별명이 '노랑나비'이다. 그녀의 나비 문신은 은밀한 부위 바로 윗부분에 있다. 인터넷 초창기였던 예전에 어떤 글쓴이가 그녀의 누드를 다운받는데 한참 후에 서서히 드러나는 그 부분의 화면을 보니 마치 수풀 위로 나비가 날아오르는 것 같았다는 글을 쓴 적이 있다.

〈비엔나호텔의 야간배달부〉에서의 샬럿 램플링

장갑

현실의 이면

정결한 손은 귀족적 계급성을 드러낸다. 노동의 냄새를 지운 듯한 손은 모든 남성에게 추앙과 선망의 대상이 된다. 그러나 "손에 물 한 방울 안 묻히게 해 주겠다"는 달콤한 속삭임으로 계약이 성립되면 그 이후부터 그 아름답고 푸른 손을 혹사시킨다. 엄마 손은 죽을 때까지 식솔들의 밥을 차려준다는 그 '위대한 가업'으로 인해 칭송된다. 그것은 미적 상찬이 아니라 도덕적 위로일 뿐이다.

지난겨울 백화점에서 세일하는 여성 장갑을 하나 구입해서 아내에게 선물했다. 뭔가 아련함이 서려 있는 핑크색 가죽장갑이었다. 핫핑크와 인디고핑크 사이에 있는 묘한 핑크의 기운이 애인과 부인 사이에 있는 듯한 아내의 처지와 닮아 보였다. 크고 메마른 손을 감싸주며 기분 좋은 여성성을 드러내줄 그 장갑을 선물하며 득의양양했던 나는 중학생 둘째 딸의 본질 직관적인 발언에 한순간 좌절하고 말았다. "엄마, 그거 고무장갑 색깔이네!" 그러고 보니 정말 똑같은 색깔이었다. 우리 모두는 웃었고, 아내는 그 장갑을 장롱 깊숙이 넣어버렸다.

서양 복식사의 중심에서 여성의 손은 발과 마찬가지로 은폐의 대상이었다. 장갑은 손을 보호하는 '사용가치'에서 현란한 장식을 통해 계급을 드러내는 '상징가치'의 표지로 바뀌었다. 서구에서 여성용 장갑이 급속도로 유행하게 된 때는 16세기 이후, 프랑스의 앙리 2세에게 이탈리아 메디치가 출신 왕비 카트린 드메디시스Catherine de Médicis, 이탈리아어로 카테리나 데메디치 Caterina de' Medici가 시집와서 이탈리아 르네상스의 에티켓, 요리 등 궁정문화를 전해준 이후이다. 이후 장갑은 여성들의 필수 아이템 액세서리로 자리 잡았다.

1550년 카트린은 굵은 허리의 여성들은 궁정의식에 참석하지 못하도록 명령을 내리기도 했다. 궁정의 여성들은 코르셋으로 허리를 졸라 17인치를 만들어야 했으며, 15인치 미만의 여성도 등장했다. 카트린 드메디시스는 레오나르도 다빈치를 아꼈던, 그래서 끝내 〈모나리자〉를 소유하게 된 프랑수아 1세가 시아버지이며, '여왕 마고La Reine Margot'로 알려진 마르그리트 공주가 그녀의 딸이다. '피의 결혼식'이 되는 마고의 결혼식 직전, 사위가 되는 앙리 드나바라앙리 4세의 모친 잔 달브레Jeanne d'Albret에게 독 묻은 장갑을 보내 독살했다는 설까지 있을 정도로 카트린은 '검은 베일 속의 백합'으로 불린 마키아벨리즘의 왕비였다.

개신교와 가톨릭의 갈등이 최정점에 이른 성 바르톨로메오 축일의 대학살 사건1572을 배경으로 한 영화 〈여왕 마고〉1994에서는 1950~60년대의 패셔니스타이며 '이탈리아의 여신'으로 불리었던 비르나 리지Virna Lisi가 카드린 드메디시스 역으로 등장하였다. 늙어버린 비르나 리지의 얼굴은 1970년대 소위 성격파·개성파 배우들의 등장 이전, 전형적인 미남·미인 배우 시절의 귀족적 풍모가 눈부셨던 히어로의 영화榮華를 회상하게 만든다. 연기력보다는 미모가 주연의 주요한 캐스팅 조건이었던 그 시대의 얼굴이 지닌 비현실적인 후광을 이해하고 기억하는 사람들이 많지 않다.

이탈리아 여류감독 릴리아나 카바니Liliana Cavani의 〈비엔나호텔의 야간배달부The Night Porter〉1974에서의 샬럿 램플링Charlotte Rampling이 보여주는 퍼포먼스는 장갑으로 보여줄 수 있는 가장 야릇하며 퇴폐적인 살로메의 몸짓일지도 모른다. 나치 강제수용소에서 벌어지는 사도마조히즘, 더 나아가 지울 수 없는 상처로 남은 성적 노예화가 개인과 사회에 어떻게, 얼마나 큰 억압으로 작용하는지를 성과 폭력의 상관적 구조 속에서 파고든 영화다.

장갑의 은밀한 성적 뉘앙스는 17장의 사진으로 이루어진 두에인 마이클스Duane Michals의 시퀀스 사진Photo Sequence 〈장갑The Pleasures of the Glove〉1974에서 유니크한 몽상의 흐름을 통해 드러난다. 내러티브의 시간성으로 이어지는 각각의 사진 밑에는 '스토리텔러'인 작가의 손으로 쓴 상황 설명이 영화 자막처럼 들어가 있다. 상점 쇼윈도 앞의 한 남성이 진열된 장갑을 바라보면서 시작되는 이 단편영화 같은 사진은 "장갑 한쪽은 내부가 어두우면서도 아주 따뜻한, 기이한 모피 동굴이 되었다"(4)에서 "손을 이 동굴 안으로 집어 넣어보면 얼마나 기가 막힐까라는 생각이 들었다"(5), "장갑은 그의 손을 삼켜버렸다"(6), "아주 좋은데!"(16)로 이어진다.

어느 잡지와의 인터뷰에서 두에인 마이클스는 말했다. "많은 사진가들이 피사체의 생김새, 장소의 형태, 움직임의 양상 등에 관심을 갖는다. 하지만 나는 현실의 이면을 뒤집어 보여주고 싶다. 벗어놓은 장갑처럼 말이다."

거울

저편 당신의 왕국으로

길을 걷다 커다란 쇼윈도에 비친 내 모습이, 한밤중 엘리베이터 안 거울에 언뜻 비친 내 얼굴이 무척이나 낯설게 느껴질 때가 있다. 너는 누구인가? 술 취한 형광등 불빛, 사각 프레임 안에 들어가 있는 한 남자가 내가 알고 있던 그 얼굴을 갖고 있지 않을 때, 나도 모르게 내가 많이 늙고 변하였음을 그제야 깨닫게 된다. 내 기억이 붙잡고 있는 환영의 내 얼굴은 늦어도 30대 초반에 머물러 있는지도 모른다. 그 이후는 잘 떠오르지 않는다.

거꾸로 젊은 날, 늙었을 때의 내 모습을 상상해본 적이 있다. 눈꼬리, 입꼬리나 눈 밑 애교살이 세월의 무게에 순응하여 처진 얼굴, 백발에 줄어가는 머리숱 정도. 그러나 구체적이고 정확한 모습으로 그려낼 수는 없었다. 다만 나를 닮은 어느 배우의 노년

카라바조 〈나르키소스〉 1594~96 로마 국립 고전미술관

분장을 보면서 희미하게 내 노년의 자화상을 그려볼 수밖에는.

우리에게 친숙한 레오나르도 다빈치1452-1519의 〈자화상〉이 발견된 때는 1840년이고, 이후로 현재까지 —1980년 이후 19세기 모작 화가 주제페 로시의 위작이라는 설이 강하게 제기되고 있지만— 레오나르도의 그림으로 알려져 있다. 그러나 이 드로잉은 레오나르도가 〈최후의 만찬〉1495-98을 작업하던 즈음인 1490년대(혹은 1512년경)에 그려진 것으로 여겨지고 있다. 이때는 레오나르도가 사오십 대이기 때문에 육십 대나 칠십 대 노인이 주인공인 이 그림은 그의 자화상이 될 수 없게 된다.

붉은 분필로 그려진 이 드로잉의 밑에는 누군가가 나중에 쓴, 지금은 거의 알아볼 수 없는 검은 색 글씨가 적혀 있다. "상당한 노년에 이른 자기 자신을 그린 그림"이라고. 만약 이 자화상이 그가 실제로 그린 것이라면 레오나르도는 거울을 보면서 자신의 상당히 늙은 모습을 예상하며 그린 것이 된다. 참으로 별걸 다 해본 레오나르도다.

자화상을 많이 그리기로 유명했던 화가 렘브란트의 젊었을 때 얼굴은 내가 봐도 나와 많이 닮았다. 나는 시시각각으로 변해가는 렘브란트의 얼굴 속에서 내 얼굴의 변천을 증명할 수 있다. 신기하게도 〈야경〉1642을 분기점으로 그렇게 잘나갔던 렘브란트는 급작스레 어둠의 나락으로 떨어진다. 빛의 세계에서 어둠의 세계로. 키아로스쿠로chiaroscuro, 명암법로 극명하게 대조되는 그의 인생의 주름조차 나를 닮았단 말인가. 유서遺書 같은 얼굴. 어둠 속에서 부서지는 얼굴로 웃고 있는 최후의 〈자화상〉1665이 나의 마지막 얼굴일 수도 있겠다.

우리는 거울을 보면서 자기도 모르는 사이 다가오는 데스마스크와 직면하고 있다. 1분 전, 하루 전, 한 달 전, 일 년 전의 얼굴이 똑같다는 착각 속에서 지나간 과거, 다가올 미래의 그림자를 지우고 산다. 언제나 내 손에 들어 있는 거울 같은 스마트폰의 셀카selfie는 수시로 나의 현재를 기록하지만 왜곡된 미소만 남겨질 뿐, 진지한 나에 대한 관찰은 이루어지지 않는다. 게다가 그것은 그림 속의 자화상처럼 좌우가 반전된 얼굴일 뿐이다.

여성에게 있어서 '성찰'이라고 할 수 있는 거울보기는 주로 화장대 앞에서 수행된다. 화장은 거울에 그리는 자화상이다. 미당未堂 서정주는 〈국화 옆에서〉1947란 시에서 '그립고 아쉬움에 가슴 조이던, 먼 젊음의 뒤안길에서 이제는 돌아와 거울 앞에 선 누님'의 원숙미를 예찬한다. 그 아름다움은 관능적인 애욕의 시기를 벗어난, 실연의 고통과 좌절을 넘어선 중년 여인의 성숙한 내면의 광채에서 나온다. (이런 국화 같은 중년 여성을 만나기가 힘들다.) 당나라 시인 두보杜甫가 '서리에 물든 단풍 봄꽃보다 더 붉다霜葉紅於二月花'고 노래한 것처럼, 흩날리는 연분홍 복사꽃보다 서리 맞은 노란 국화가 더 아름다울 수도 있다.

거울에 숨겨진 죽음의 얼굴을 그림으로 기록하면 자화상self-portrait—필리프 리죈Philippe Lejeune에 의하면 자사상自死像, self-mortrait과 동의어—이 되고, 글로 표현하면 자서전autobiography이 된다. 안드레이 타르콥스키는 그의 자전적 영화 〈거울Zerkalo〉1975에서 현실과 꿈의 경계가 해체되는 공간으로서 오래된 거울을 모티프로 제시한다. 거울은 실재하는 현실과 그 반영된 현실의 환영을 오가는 기억의 창이자 통로가 된다. 거울 앞의 현실과 거울 뒤 저편의 공간은 서로를 마주 보고 또 넘나들며, 그 공간이 지닌 시간들의 일관성을 파괴한다. 현실과 꿈, 일상과 몽상은 서로 작용하며 스며들고, 거울의 표면과 이면 중 어느 것이 진실인지 알 필요가 없게 만든다. 주인공들이 거울을 응시하는 순간마다 사적인 기억의 영상은 역사적인 다큐멘터리에까지 비약한다.

오래된 거울 속엔 그 사람의 과거, 더 나아가 그 시대가 담겨 있다. 모든 역사가 새겨져 있다. 거울은 그 자체 살아서 기나긴 과정을 거쳐온 이 현실을 기억하고 있는지도 모른다. 거울의 프레임 안으로 변해진 당신의 얼굴이 들어올 때마다, 거울은 그 얼굴의 과거를 기억하고 재생하고 있는지도 모른다. 영화 속에서 감독의 아버지 아르세니 타르콥스키1907~89의 목소리로 읊조리는 〈첫 만남〉이란 시의 마지막 구절은 이렇게 무섭게 끝난다. '운명이 우리 발자국에 그림자를 드리우고, 면도칼을 휘두르는 미치광이처럼 쫓아올 때.'

5

여자의 일생

김중만 〈르몽드〉 시리즈 2009

브런치

유쾌한 수다의 향연

작년 5월 한 달 동안 뉴욕에서 혼자 보낸 적이 있다. 갑자기 홀아비 신세가 된 나에게 닥친 가사 일로, 그러나 시간을 빼앗길 순 없었다. 집 안 청소는 가끔씩 했지만, 빨래, 설거지는 할 필요가 없었다. 옷은 사 입었고, 밥은 사 먹었다. 아는 친구들이 저녁을 사주면 그것으로 끼니를 해결하고, 밥 먹는 시간을 아껴가며 뉴욕 구석구석을 걷고 걸었다.

뉴욕에 살고 있는 건축가 동생은 나더러 그렇게 여행객처럼 살지 말고 뉴요커로 느끼며 살다 가라고 말했다. 길을 걷다 공원 벤치에 앉아서 거리공연 구경도 하고 햇살도 즐기며, 그 지독한 미술관 순례에 허겁지겁하지 말고, 뉴요커의 시간대대로 살아보라는 얘기였다. 일주일을 바쁘게 살고 '불타는 금요일'을 보낸 뉴요커들이 가장 심적으로 위로를 느끼는 시간이 토요일

늦은 아침의 브런치brunch는 breakfast의 br과 lunch의 unch를 합친 말라는 것을 그때 알았다. 진정한 뉴요커는 엠파이어 스테이트 빌딩에 올라갈 의욕을 느끼지 않으며, 브로드웨이 타임스퀘어 쪽으론 웬만해선 발길을 돌리지 않는다는 사실도 그 동생이 알려줬다. (그 주장이 맞는 거 같기는 하다. 예전에 2월인가? 엠파이어 스테이트 전망대를 아침 일찍 1호 방문객으로 올라간 적 있었다. 그 무서운 삭풍이 몰아치는 옥상에는 나와 몇몇 중국인 관광객만이 가짜 웃음을 지으며 열심히 사진을 찍고 있었다.)

브런치야말로 뉴욕의 문화를 넘어 메트로폴리탄의 문화를 대변하는 의례 같은 것이다. 브런치 타임이면 이 거대도시의 시민들은 루비즈 카페, 더스마일, 더그레이독스 커피, 에그 등의 브런치 카페에서 그들의 지친 영혼을 위로해줄 한 조각의 따스한 빵과 한 모금의 뜨거운 커피를 위해 긴 줄을 서는 수고를 결코 마다하지 않는다. 마치 성찬 미사에서 떡과 포도주를 먹기 위해 줄을 서는 신도들처럼…. 노리타NOLITA, North of Little Italy의 카페 지탄cafe Gitane에서 영화 〈비긴 어게인Begin Again〉2013의 에피소드를 되뇌어보고, 어퍼웨스트의 카페 랄로cafe Lalo에서 영화 〈유브 갓 메일You've Got Mail〉1998의 멕 라이언과 톰 행크스의 자리에 앉아보기도 한다.

뉴욕의 정신적 파워는 그 도시에 깃든 현대성, 좀 더 세분해서 말하면 동시대적 진실성에서 유래하는 것이 확실하다. 앤디 워홀, 바스키아를 만났고 알았던 사람들이 아직도 살고 있다. 그들은 자기 주변의 동료가 전설이 되는 것을 목격한 사람들이다. 현대의 영웅이나 스타와 함께 같은 것을 먹고 같은 곳을 다닌 사람들이 아직도 살아서 현재를 이어가고 있다. 신화와 함께했던 뉴요커들의 삶과 일상 속에 녹아들어 있는 역사적 자부심이나 현실적 참여의식은 이런 동시대적 인식에서 비롯되는 것이다. 진정한 현대예술은 동시대 사람들의 생각과 삶의 방식을 동시대 사람들이 이해할 수 있는 언어로 드러내는 것이라 할 때, 현대미술의 메카로서 뉴욕은 그 현재적 진실을 가장 자유롭고 순수하게 유지하고 있다.

브런치의 메인 디시는 위에 부담 없는 샌드위치나 파스타가 아니라 '수다'이다. 브런치는 먹는 것을 핑계로 일상의 반복에서 잠시나마 일탈하고자 하는 이벤트라고 할 수 있다. 여성들만의 식탁은 너무나도 민주적이고 너무나도 개방적이다. 누가 주도하고 어느 방향으로 흘러간다는 위계질서도 없고, 어떻게 결말이 나야 한다는 스토리라인도 없다.

그냥 "아점"을 먹으면서 다방면의 자기중심적인 화제를 풀어간다. 음식 메뉴가 특별히 중요한 게 아니다. (일단 어느 정도의 맛만 있으면 된다.) 음식을 먹는 행위보다는 속 시원히 말을 할 수 있다는 그 시간과 공간이 중요한 것이 된다. 수다에 참여한 여성들은 겉으론 활기찬 대화를 하는 것 같지만 그 모든 대사는 사실 독백이다. 수다는 말을 듣기 위한 것이 아니라 말을 하기 위한 대화법이다. 브런치는 입으로 시작해서 또 다른 입으로 끝난다.

대도시 전문직 여성의 삶을 그린 드라마 〈섹스 앤드 더 시티Sex and the City〉1998~2004 또한 브런치를 유행시켰다. 제목은 '섹스 앤드 뉴욕'이라고 바꿔도 좋을 만큼 뉴욕 패션의 밤과 낮이 섬세하게 잘 표현되었다. 칼럼니스트, 홍보회사 이사, 변호사, 아트 딜러 등 매력적인 전문직에 종사하는 도시 여성의 삶의 패턴은 화려하고 다채롭고, 한편으론 고독하고 공허하다.

현대 여성들의 성적인 이슈와 상상, 그리고 현실적일 수 있는 애정 고민을 네 명의 주인공이 벌이는 갖가지 섹스라이프를 통해서 실감나게 풀어간다. 그들이 벌이고 있는 '대리적인 수다'에 같은 또래의 여성 시청자들은 카타르시스를 느끼고 공감한다. 시리즈 중 나는 단지 몇 편을 보고 웰메이드 드라마라는 것을 느꼈지만 놀라웠던 점은 가장 분방한 캐릭터인 사만다 존스 역의 킴 커트럴Kim Cattrall이 어릴 때 보았던 영화 〈마네킹〉1987의 섹시한 마네킹이었다는 것이었다. 주제곡 〈Nothing's Gonna Stop Us Now〉처럼 흥겨웠던 나의 젊은 시절도 둔탁해진 커트럴의 몸매처럼 이젠 낯설게 멀어져만 간다.

영화 〈티파니에서 아침을Breakfast at Tiffany〉1961에서의 첫 번째 식사는 '폭이 1마일이 넘는 강을 건너려 하고, 무지개 끝을 찾으려 하는' 모든 평범한 여성들의 욕망처럼 허전하고 쓸쓸하다. 인적 없는 이른 새벽 공기를 헤치며 맨해튼 5번가의 티파니 매장 앞으로 옐로캡 한 대가 들어선다. 지방시 블랙드레스, 긴 장갑, 진주 목걸이에 티아라까지 한 그녀는 무심한 듯 종이 봉투에서 크루아상과 커피를 꺼내 먹는다.(택시 운전사에게까지 화려한 파티 차림과는 안 어울리는 허름한 아파트에 자신이 산다는 것을 속인 것이다.) 쇼윈도 안의 보석들을 음미하던 그녀는 코너를 돌아 자신의 현실 세계로 터벅터벅 걸어간다. 그것이 현대 여성의 뒷모습인 것이다.

인스타그램

눈으로 말하는 전화기

스마트폰은 확실히 어른들, 특히 여자들의 장난감이다. 카페에서, 지하철에서, 자기 방 안에서 그들은 끊임없이 누르고 문지르고 미소 짓는다. 주요 업무를 제외한 거의 모든 시간, 잠들기 전까지 만지작거리는 이 물건의 놀라운 스마트함 때문에 우리는 몸 밖에 또 하나의 뇌를 가지게 되었다. 그래서 현대인은 천연지능의 영적인 뇌와 인공지능의 기계적인 뇌, 두 개의 뇌를 지닌 종속이 되어버렸다. 피가 도는 뇌와 전파가 도는 뇌, 언젠간 이 두 개의 뇌가 융합하여 이제까지의 모든 가치와 윤리를 다시 생각하게 만드는 올더스 헉슬리Aldous Huxley 식의 '멋지지 않은 신세계'가 도래할 것이다.

시간과 공간을 초월하는 손오공의 여의봉 같은 이 스마트폰은 과거 통신시대의 전화기 역할을 능가하고 있다. 퍼스널 컴퓨터

고야 〈개〉 1819~23 마드리드 프라도 미술관

가 탑재된 전화기에 사진과 동영상까지 가능한 카메라가 첨가됨으로써 이제 소통의 시스템은 광범위한 표현력을 지니게 되었고, 통화자는 온갖 다양한 대화의 방법을 통해 자신의 의도를 송출하게 되었다. 스마트폰으로 인해 새로운 커뮤니케이션의 영역이 또 한 번 확장된 것이다. 우리는 실제 사회가 아닌 SNSSocial Networking Service라는 또 다른 공간에서의 사회성을 획득해야 하는 또 다른 국경의 구속에 놓이게 되었다.

음성에서 문자로, 거기에 사진이나 그림, 이모티콘을 통한 시각적 이미지를 통한 대화로 점차 그 소통의 양식이 증폭되면서 이제 핸드폰에 카메라가 장착된 것이 아니라 카메라에 핸드폰이 부가되는 시점에 이르렀다고 보아야 할 것이다. 언젠가 사진작가 김중만에게 "어떻게 하면 사진을 잘 찍을 수 있냐?"고 물었다. "좋은 카메라를 사면 된다"고 그는 답했다. 이제 사진가는 셔터 속도나 적정 조리개 수치를 계산하는 수고에서, 그리고 인화될 때까지 어떤 결과물이 나올지 모르는 조바심과 궁금증에서 벗어나게 되었다. 스마트한 카메라가 다 알아서 찍어주고, 즉시 결과물을 확인할 수 있는 시대가 되었기 때문이다.

대부분의 스마트폰의 기능이 그다지 큰 차이가 없다면, 좋은 영상과 사진을 제작하는, 다시 말해 좋은 렌즈의 카메라를 지닌 스마트폰이 성공할 것이다. 카메라의 기술이 한계에 머물러 있다면 각종 꾸미기나 변형이 가능한 앱이 많아질 것이며, 이런 장치들을 통해서 재가공된 이미지들은 페이스북이나 트위터를 비롯한 거대한 네트워크를 통해서 전파될 것이다.

인스타그램Instagram은 인스턴트instant와 텔레그램telegram의 합성어로서, 사진과 동영상을 공유할 수 있는 소셜미디어 플랫폼이다. "세상의 순간들을 포착하고 공유한다"라는 슬로건으로 2010년 등장했다. '이미지로 대화하기'는 성질 급한 우리 시대에 적합한 소통 방식이다. 이 이미지에는 음성이나 문자로는 해결 못할 감성이 개입된다. '백문이 불여일견'이고 '이심전심, 염화미소'다. 청각적인 음성이나 관념적인 문자보다 이미지가 주는 시각적 메시지가 최고위의 인식 능력을 발휘한다. 자신의 감성을 담은 이미지로 먼저 본질을 던지고 거기에 해시 기호#와 함께 띄어 쓰지 않는 짧은 문자를 남긴다. 잡지에서 사진 밑에 붙는 설명인 일종의 캡션caption 같은, 또는 논문 초록에 등장하는 연관어나 키워드 같은 해시태그hash tag를 붙인다. 이 '꼬리표tag 말'이 처음엔 정보를 묶는 기능으로 쓰였다가 지금은 다각적인 검색의 용도로 많이 활용된다.

인스타그램으로 인해 대중들의 순간포착 능력은 점차로 향상되고 있다. 촬영법을 가르치는 스승이 없어도 각자 삶의 현장 속에서 스스로 자신의 앵글을 만들어간다. 인스타그램의 사진과 해시태그는 그 이미지 생산자의 센스를 평가할 수 있는, 일종의 '출간된 사진 에세이' 같은 것이다. 예술가 차원의 고급한 이미지를 누구에게나 기대할 수는 없어도 많은 사람들이 이렇게 많이 찍고 편집하고 올리다보면 —지금은 주로 식탁 위의 음식을 과시하듯 보여주는 '음식의 포르노'랄 수 있는 이미지가 많지만— 전 국민의 촬영기술은 향상될 것이다.

그럼에도 불구하고 인스타그램의 고수가 되길 원한다면, 그래도 카메라 뒤에 있는 눈, 그 눈 뒤에 있는 생각과 관점viewpoint이 더 중요하다는 진리를 깨달아야 한다. 무제한적인 촬영과 삭제 기능 아래서 아무런 반성함 없는 기계적 이미지의 양산보다는 자신의 눈, 자신의 마음이 피사체의 진실과 만나는 결정적 순간을 사냥하는 것이 필요하다. 그리고 그것을 구성하여 하나의 문장을 만들 수 있는 편집력이 필요한 것이다. 그러기 위해서는 이미지 훈련이 필수적이다.

영화를 몹시도 가까이했던 나는 군대에 가서 제일 힘들었던 것이 그렇게 많이 보던 영화를 자유롭게 볼 수 없다는 현실이었다. 그래서 매일 하루에 한 편씩의 뮤직비디오를 만들겠다는 결심을 하고 아침부터 저녁까지 틈날 때마다 계속 머릿속에서 영상을 구상했다. 예를 들어 그룹 어떤날의 〈소녀여〉1989라는 노래에 나오는 소녀 같지 않은 소녀의 '자그만 실장갑'은 빨간 벙어리장갑이었을 것이라는, 그리고 그 소녀의 헤어스타일은 이마를 가린 짧지 않은 생머리였을 것이라는 구체적인 상상으로 스토리를 만들어냈던 것이다. 시나 소설을 읽으면서도 그것을 한 편의 뮤직비디오로 바꿔보는 콘티 작업을 하기도 했다. 그런 이미지 훈련의 파편들은 후에 내가 만든 개념영화들의 토대가 되었다. (톨스토이의 《전쟁과 평화》나 도스토옙스키의 《죄와 벌》을 영화로 먼저 보는 것은 나중에 소설을 읽을 때 이미지를 배경에 깔고 읽는 것이 되어 독서에 편리함을 줄 수 있다. 그러나 그렇게 머릿속에 고착화된 이미지는 소설로 읽을 때 펼쳐질 수 있는 상상력의 열려진 가능성을 희생시킨다. 그러고 보면 자신만의 시각적 체험이 이미지 훈련에 가장 확실한 토대의 모티프가 된다.)

인스타그램은 셀카selfie의 확산에 지대한 영향을 끼쳤다. 여성들은 자신이 드레스업하고 참여한 어떤 행사, 그리고 분위기 좋은 레스토랑 만찬에서의 셀카를 통해 자신의 행동 반경을 표시한다. 누구나 갖고 있는 나르시시즘의 발로이긴 하나 셀카 이미지가 자신만을 위한 것은 아니며, 미장센을 100프로 제거한 진실의 기록은 더더욱 아닐 것이다. 남을 의식하고 쓰는 일기는 그 자체가 잘 포장된 소설이 될 수 있다. 우리는 일기 쓰듯 쓴 고흐의 편지를 완전히 믿을 수 없다. 죽기 전 자화상을 완성하고 나서 고흐는 이렇게 말했다. "내 자화상은 그 자체로 하나의 거대한 거짓말이다." (30대 초반에 이미 고흐는 이가 몽땅 빠져 없었다는 설도 있다.)

원고지 위에 손으로 글을 쓰던 시대는 자기 검열이 더욱 확실했다. 그 글에 대한 책의 출판은 극히 제한된 사람들의 영역으로 알던 시대가 있었다. PC에서 쓴 글을 프린트하면서 자신의 글을 보면 왠지 그럴듯하게 보이는 착각에 빠지기 쉽다. 인쇄되고 활자화된 글은 어떤 권위를 부여받기 때문에 근사해 보인다. 새로운 인쇄술의 급격한 파급이라고나 할까. SNS를 통한 이미지의 민주화를 빌려 방종의 '나쁜 이미지'가 범람하고 있다. 우리 시대의 인스턴트 이미지들도 사적으로 무제한적으로 생산되고 유통된다. 저질의 이미지라도 이미지는 이미지다. 이미지를 공유하려는 욕망 속에는 자신의 존재를 확인하려는 자기과시욕이나 타인의 시선을 자기 쪽으로 끌어모으려는 관심욕이 어느 정도 내재되어 있다.

요즘 부쩍 셀카를 많이 찍고 있는 나. 나는 외로운가 보다. 나는 고야의 〈음산한 그림들〉1821~23 가운데 고독의 모래 늪에 점점 빠져드는 한 마리 겁먹은 개.

청바지

가장 낮고, 가장 높은 옷

청바지를 우습게 보면 안 된다. 청바지를 만만하게 보면 안 된다. 가장 쉬워 보이는 그 옷이, 속옷 다음으로 가장 편하다고 느껴지는 그 옷이 사실은 가장 어렵고 예민한 옷이다. 20세기 초를 대표했던 미국 노동자들의 이 옷은 단지 땀 범벅, 먼지 범벅의 세계를 벗어나서, 1960년대 청년문화의 상징을 거쳐 가장 대중적이면서도 가장 고급한 패션의 아이템이 되었다. (우리나라의 경우 하길종 감독의 〈바보들의 행진〉1975을 통해 통기타 생맥주문화와 함께 청바지문화가 표출되었다.)

청바지가 커버할 수 있는 범위는 펑크, 그런지grunge에서 턱시도에 이르기까지 광범위하다. 그럴 수 있는 이유는 청바지가 지니고 있는 밑바닥 근성으로부터의 승리와 성취, 굳어진 생각에 대한 반항과 저항이 도전하는 젊음의 표상이자 대중문화의

독일의 청바지 브랜드 오토 컨 광고 1994

신화적 아이콘으로 환유되었기 때문이다.

회화에 있어서 어떤 경우, 아니 대부분의 경우 그 주제가 되는 대상보다 여백이 더 중요한 것이 사실이다. 여백에 의해서 그림의 주인공의 기운과 생명이 좌우된다. 잘 입은 청바지는 잘 그려진 여백이면서 그 자체 생생한 기운을 풍기며 살아난다. (때문에 청바지를 입는다는 것은 흰 바지를 입는다는 것과 같다.) 장엄하다랄까 혹은 장렬하다랄까, 짙은 우수와 고독의 빛깔을 담은 청바지의 '거룩한' 특별함은 그것을 입은 사람의 육체에 다른 세계에서 부는 것 같은 자유로운 바람을 실어다준다. 시간의 흐름과 색채의 퇴락을 받아들이는 그 수용과 감내가 심오한 멋을 만들어낸다는 점에서 청바지는 무척이나 동양적인 미감을 지녔다고 할 수 있다.

빛바랜 고승高僧의 가사袈裟에서 험난한 길에 투신한 한 인간의 고뇌와 번뇌, 그리고 수행의 이력을 읽어낼 수 있는 것처럼 청바지는 시간이 염색한 인생의 이력서 같은 옷이다. 잘 입은 청바지에선 한 편의 대하드라마를 보는 양 그 인생의 스토리가 보인다. 게다가 가장 일반적이고 단순한 재료와 디자인으로 최상의 미감을 도출한다는 점에서 청바지는 예술의 진정성에 닿아 있다.

가장 젊고 위대한 화가는 가장 단순한 밑바탕인 캔버스에 가장 간단한 도구인 붓과 물감을 가지고도 물질을 초월하는 상상력과 정신을 담아낸다. 가장 올드하고 부족한 화가는 이 기본과 상식을 벗어난 듯 갖가지 화려한 재료로 화면을 꾸미지만 결국은 가장 상투적인 이야기만 풀어놓는다. 고수와 하수는 어디에서나 존재한다.

'찢고 붙이고 그리는' 장식적인 손길이 늘어가도 청바지의 가장 아름다운 풍경은 리바이스501에 하얀 티셔츠일 뿐이다. 심플함의 본질을 드러내는 매칭. 그러나 전 지구인이 똑같이 청바지에 흰 티셔츠 차림이라 해도 그 사람 수에 따라 인상과 그림이 달라진다는 사실은 참으로 신기하다. 똑같은 여백의 청바지와 티셔츠라 해도 스토리가 달라지는 건 그 사람의 히스토리가 다르기 때문이다.

결국 청바지는 그것을 입은 사람의 진정성을 가장 잘 드러내는 옷이 된다. 그리고 청바지는 사람과 일체가 된 옷이 지위나 나이를 떠나 얼마나 빛날 수 있는지에 대해 말해준다. 자신에게 가장 잘 어울리는 청바지는 이 세상에 딱 하나 존재한다. 그 청바지를 만나기란 '영원히' 쉽지 않은 일이다. 자신에 맞는 청바지를 구입하고 입는 일은 자기를 발견하고 그 자기와 하나가 되는 엄숙한 의식과도 같은 것이다. 나와 하나가 된 이 여백 같은 옷은 드디어 나를 새롭게 탄생시킨다. 그렇게 본다면 패션의 모든 사적인 역사는 나에게 잘 어울리는 청바지 한 벌을 찾기까지의 과정이라 할 수 있다.

갭GAP은 1988년 '개개인의 스타일Individuals of Style'이라는 광고 콘셉트로 카를 라거펠트, 다이앤 키턴, 앤디 워홀을 모델로, 1993년에서 1995년까지 '누가 카키를 입었지?Who wore Khakis?'에서는 제임스 딘, 잭 케루악, 쳇 베이커를 모델로 함으로써 청바지에 영웅주의적 전설을 부여했다. 흑백 광고를 위주로 하여 인상적이었고 모델 클라우디아 시퍼가 활약했던 게스GUESS는 "우리 게스 청바지는 24인치 미만 여성분들만 입을 수 있습니다"라는 다소 자극적인 카피를 남겼다. 케이트 모스의 깡마른 몸매로 지워지지 않는 캘빈클라인의 쿨한 정서는 1980년대 당시 열다섯 살의 브룩 실즈가 되뇌었던 "나와 캘빈 사이에는 아무것도 없어요"란 카피를 통해서 폭발하였다.

레오나르도 다빈치의 〈최후의 만찬〉을 패러디하여, 예수와 12제자들이 상의를 탈의하고 청바지만 입고 있는 만찬 장면을 묘사한 독일의 청바지 브랜드 오토 컨Otto Kern의 광고1994와, 그들을 여성으로 바꿔버린 프랑스의 마리테 에 프랑수아 지르보Marithé et François Girbaud의 광고2005는 "청바지는 패션의 민주주의를 상징한다"라는 조르지오 아르마니의 언급을 떠올리게 한다. 모든 금기와 차별의 경계를 허무는 데 앞장설 것 같은 이런 청바지의 민주성은 어느 대중적인 음료의 철저한 평등성으로 이어진다. 앤디 워홀은 코카콜라를 통한 미국의 아름답고 훌륭한 전통을 얘기한다. 그것은 가장 돈 많은 사람이건 가장 가난한 사람이건 똑같은 것을 소비할 수 있게 만드는 전통이다. 대통령도, 리즈 테일러도, 우리도 똑같은 코카콜라를 마신다. 돈이 있다고 해서 길모퉁이의 부랑아보다 더 나은 코카콜라를 마실 수 있는 것은 아니다. 그래서 워홀에게 모든 코카콜라는 똑같은 것이고 좋은 것이다.

매스미디어를 통해 증폭되어온 〈와일드 원The Wild One〉1953의 말런 브랜도, 〈이유 없는 반항Rebel Without a Cause〉1955의 제임스 딘으로부터 애플의 스티브 잡스와 페이스북의 마크 저커버그로 이어지는 청바지의 꺼지지 않는 젊음의 상징 신화는 청바지의 기호학적인 가치를 계승해간다.

애플 히프로부터 자연스럽게 내려오는 허벅지의 두께, 그리고 가는 발목까지 이어지는 시원한 라인을 소유한 축복받은 몸매의 소유자는 많지 않다. 그들은 키의 크기에 상관없이 좋은 신체 비율을 통해 청바지의 여신이 된다. 어쩔 수 없이 청바지는 형식상 의상 민주주의의 자유로움을 열어 놓았지만 내용상 그 민주주의의 개별성과 다양성을 무시해서는 안 된다는 점에서 많은 난관을 지닌 옷이라 할 수 있다. "청바지가 잘 어울리는 여자"는 언제나 남자들의 첫 번째로 '거창한' 희망사항이 된다.

백화점

현대 상업의 대성당

백화점은 근대적 문화공간의 꽃이다. 수많은 상품이 모여 만들어진 이 거대한 자본주의의 왕국은 1백 년이 넘도록 여성의 소비욕망을 일깨우고 분출하는 해방구가 되어 왔다. 남성이 백화점에서 쇼핑하면서 받는 스트레스 지수가 전쟁터에서 총알을 피하면서 받는 강도의 스트레스 지수와 같다는 통계가 있었다. 그도 그럴 것이 모든 물건들은 기氣 덩어리이므로 그냥 쌓여져 있는 물건들이 뿜어내는 기운도 보통이 아닐 텐데, 조금씩 새로워지는 상품들은 매대 위에 앉아서 '이 많은 물건 중에서 나를 골라주세요'라는 신호를 소비자에게 강하게 쏘아대고 있는 것이 분명하기 때문이다. (게다가 구매결정력이 약한 일부 여성들과 쇼핑을 할 경우에는 남성들의 노화와 피로가 가속되기 마련이다.) 우리에게 익숙한 형태를 지닌 백화점의 효

김중만 〈르몽드〉 시리즈 파리 2014

시는 1852년 세워진 파리의 봉마르셰Au Bon Marche이다. 유럽의 거의 모든 백화점이 그러했듯 양품점에서 확장된 이 '소비의 궁전'은 도서관, 휴게실, 미술관은 물론이고 폐점 후엔 무도회, 음악교실, 미술교실을 개설하는 등 고급사교계의 살롱 역할을 톡톡히 했다. 에펠A. G. Effel이 당시의 건축 신소재인 철골과 유리로 만든 신관新館의 '크리스털 홀'은 상품들에 천상의 빛을 내리면서 상품의 교환가치를 신성화했다. 이미 예술품이 상실해갔던 '예배가치(제의가치)kultwert'를 오히려 상품에 부여했다. 에밀 졸라는 소설 《부인들의 천국*Au Bonheur des Dames*》1883에서 백화점을 '현대 상업의 대성당'으로 묘사하고 예찬한다. 예전에 해외출장을 가는 경우 나는 무조건 맨 처음 그 도시의 가장 대표적인 백화점을 찾았다. 백화점에선 최첨단, 최신, 최고의 물질적 수준을 비교적 빠른 시간, 효율적으로 파악할 수가 있다. 현존하는 정치·경제·사회·문화의 총아인 백화점을 통해 체감하는 그들이 도달한 삶의 정체와 양식은 당연히 거꾸로 우리 현실의 수준을 투명하게 비춰준다. 예술의 대중화를 목표로 하는 미술관이 아닌, 대중의 예술화에 대한 직접적인 성취도를 보여주는 백화점은 역사에 거창하게 기록되지 않을 그 시대의 현재적 수준을 보여주는 측정기라 할 수 있다. 더 좋은 백화점들이 많아졌지만 내가 건어물상에서 시작된 바겐세일의 대명사 영국 런던의 해러즈Harrods나 시대를 초월한 고풍스러움의 리버티Liberty 백화점, 크리스마스의 성지로서 영화 〈34번가의 기적Miracle on 34th Street〉1947의 무대가 된 미국 뉴욕의 메이시스 Macy's, 이탈리아 밀라노의 리나첸테La Rinacente, 아시아 최초의 근대백화점이라고 할 수 있는 일본 동경의 미쓰코시三越 등 모두 1백 년이 넘은 백화점을 돌아다니며, 지금까지 이어지는 물신숭배의 흔적을 되짚어 보는 이유는 '상품의 고고학'이 주는 발굴의 기쁨 때문일 것이다. (뉴욕 맨해튼 5번가의 버그도프 굿맨Bergdorf Goodman의 쇼윈도 디스플레이는 그 얼마나 예술적이던가? 가장 인기 있고 강렬한 시각적 효과의 '설치미술'로 여겨지는 그 디스플레이들은 《윈도즈*Windows at Bergdorf Goodman*》2012라는 두꺼운 아트북으로까지 정리 출간되었다.) 우리나라 최초의 본격적인 근대백화점은 지금의 신세계백화점 본점인 미쓰코시 경성 지점1930이다. 동경 니혼바시日本橋에 1904년에 세워진 미쓰코시 기모노점의 분점으로 외관은 비슷하나 형태가 좀 작았다. 이상이 〈날개〉1936에서 정오의 사이렌 소리를 듣고 "날자, 한 번만 더 날자꾸나"를 외친 곳도 이곳 옥상이고, 6.25 전쟁 직후 미8군 PX가 된 이곳에서 미군 초상화를 그려주던 "간판장이 박 씨"와 손님을 끌어오던 "미쓰 박"과의 따뜻한 에피소드가 탄생하기도 했다. 퇴사한 미쓰 박이 그 에피소드를 중심으로 전후 도시인의 삶을 묘사한 소설이 《여성동아》 여류 장편소설공모에 당선되는데 그것이 〈나목裸木〉1970이고, 미쓰 박은

박완서, 간판장이 박 씨는 박수근이었다. 당시의 서울은 지금의 강남이 없었다. 청계천을 위아래로 북촌, 남촌으로 나뉘었다. 일제는 남촌에 각종 근대적 시설을 설계했는데 미쓰코시백화점도 새로운 상권의 중심으로 삼기 위해 지금의 자리에다 만들었다. 신新여성과 일본 여성들이 주로 이곳 명동-혼마치本町에 몰려들어 지금의 강남 백화점 명품관 같은 역할을 했다. 청계천 이북엔 건축가 박길룡의 설계로 화신백화점1931이 세워지고 종로 을지로의 운종가와 함께 구久 상권을 형성했다. (임권택 감독의 영화 〈장군의 아들〉1990은 구 상권의 김두한과 신 상권의 하야시 간의 영역 다툼을 기본 줄거리로 하고 있다.) 백화점의 지하 식품부에서 최고층 식당가, 그리고 옥상정원과 문화센터에 이르기까지 그 구조와 목적은 아직도 변함없이 유지되고 있다. 그러나 각종 대형마트와 아울렛, 면세점 등의 등장으로 오래된 백화점이 지닌 쇼핑의 격식은 사라져 가고 있다. 그것은 박물관, 호텔, 병원, 박람회 등 근대적 공간들이 새로운 소비 패턴에 흔들리는 것과 마찬가지의 풍속을 보여준다.

돌아가시기 몇 년 전까지 매년 5월이면 구순에 가까운 백발의 할머니는 여고 동창회 모임을 명동 롯데백화점 식당가에서 가지셨다. 꽃무늬 양산을 들고, 립스틱을 칠하고, 이름 모를 번쩍이는 반지를 끼고 설렘에 집을 나서시던 모습이 선하다. 가끔 그 복잡한 백화점에서 밥을 먹으며 할머니를 떠올릴 때가 있다.

프렌치 시크

지적인 위트의 멋스러움

세계에서 가장 여성적인 도시는 어디일까? '여성적인'이란 표현이 제한적인 단어로 여겨진다면, 여성에게서 느껴지는 그 특유의 아름다움을 빌어, 가장 부드럽고, 가장 우아하며, 가장 세련된 도시는 어디일까? 나는 주저 없이 파리Paris라고 대답하겠다.

19세기 세계문화의 수도이며, 모더니즘의 모든 양태를 실험하고 현실화시킨 곳. 전통과 현대로 넘어가는 가교의 역할로서 신구 문화의 모든 변화와 가능성을 체감할 수 있는 도시는 역시 파리다. 파리의 공기는 분명 다른 도시의 공기와 다르다. 어스름 무렵 비에 젖은 포도鋪道 위로 가로등 불빛이 반사되고, 묘한 옛 도시의 향기가 옆으로 스치며 저만치 사라질 때 파리의 공기는 녹아내리는 듯 달콤하기까지 하다. 그 촉각적인 공기

영화 〈미드나이트 인 파리〉에서의 레아 세이두

는 그 내부를 활보하는 도시인을 가벼운 외로움에 젖게 만들고 또 누군가를 사랑하고 싶어지게 만든다. 로베르 두아노Robert Doisneau의 〈파리시청 앞 광장에서의 키스〉1950는 거리 어디에서나 자신을 무대 위의 주인공으로 자부하는, 남을 의식하지 않는 —혹은 철저히 의식한— 파리지앵의 키스다. 프렌치 키스의 발신지는 파리가 확실하다. 이탈리아의 오리지널한 시원성, 러시아의 우수에 찬 심오함, 중국의 광대한 숭고함, 일본의 치밀한 내밀함, 영국의 장엄한 강인함, 스페인의 초현실적인 쾌활함, 독일의 침잠하는 냉철함, 네덜란드의 심오한 언더그라운드성, 미국의 자신감 넘치는 대중성, 우리나라의 다이내믹한 생명력 등이 그들의 문화적 본성이라고 한다면 프랑스는 근대적 아이콘의 원형으로서 20세기 문화적 절정에 도달할 수 있는 근본적인 모델과 방식을 제시하였다.

패션에서도 프랑스는 모더니즘 이후의 급작스런 변화와 혼란에 휩싸이지 않고 오트쿠튀르와 프레타포르테prêt-à-porter의 근원적인 중심점으로 자리를 지켜왔다. '균형과 조화의 탐구'를 프랑스 문화의 중요한 특질로 언급한 디자이너 크리스토프 르메르Christophe Lemaire의 지적대로 점점 바로크적이고 몽환적으로 변해가는 영국 문화, 엄격하고 정제된 이탈리아 패션과는 달리, 프랑스 파리 스타일은 과장된 표현을 자제하고 패션이 지닐 수 있는 지적인 우아함, 그리고 위트 있는 상징성을 유지해왔다.

일부러 꾸미지 않은 듯 멋이 배어 나오는 세련된 분위기로 획일화된 아름다움을 거부하고, 자신만의 색채와 느낌을 패션을 통해 담담히 표현하는 것을 '프렌치 시크French Chic'라고 부른다. 거기엔 옷과 사람이 분리되지 않고 하나의 느낌으로 자신의 정체성을 드러나는 은은한 자연스러움이 녹아 있다. 잘 빗어 곱게 단장한 헤어스타일보단 약간 부스스하게 흐트러진 머리칼이 자연스럽고 인간적임을, 그리고 그것이 사랑스러움을 파리지엔은 알고 있는 것이다.

외면상으로 보아 레페토repetto 발레 슈즈를 탄생시키고 자유분방함, 구애 없음의 긍정적인 매력을 보여준 브리지트 바르도Brigitte Bardot나 기다란 뱅 헤어와 블랙 터틀넥 미니원피스로 쿨함을 과시했던 영국 출신의 '프렌치 걸' 제인 버킨 같은 원조 프렌치 시크의 포스는, 역시 배우이자 버킨의 딸인 샤를로트 갱스부르Charlotte Gainsbourg, 모델이자 디자이너인 이네스 드 라 프레상쥬Inès de La Fressange를 거쳐 우디 앨런의 영화 〈미드나이트 인 파리〉2011에서 벌어진 앞니로 활짝 웃으며 리얼한 프렌치 시크의 향기를 진하게 남겨준 레아 세이두Lea Seydoux로 이어진다.

고급 브랜드의 반짝거림만 보이지 그 사람이 보이지 않는 경우를 많이 보아왔다. 비싼 명품에 자기의 몸과 개성을 끼워 넣고 자기가 비싼 존재인 것처럼 착각하는 사람들이 많다. 그런 옷 입기는 돈이 있으면 다 해결되는 것이다. 백화점 명품관에 가서 한 층 한 층 올라가며 어느 정도의 돈을 지불하면 머리부터 발끝까지 어느 정도의 반짝임을 획득할 수 있다. 옷에 사람인격이 가려져서는 안 된다. 사람인격이 옷을 눌러야 한다. 그 사람의 빛나는 지성과 감성, 그리고 오직 눈빛으로…. 옷 입기는 가장 과시적인 '무언의 말하기'임을 잊지 말아야 한다.

타인의 시선을 의식하는 옷 입기는 피곤하다. 프렌치 시크는 그 피곤함을 포기하고 자유로움이 주는 편함을 선택한다. 멋을 부리지 않고, 과장하거나 과시하려 하지 않고, 자기의 본 모습을 있는 그대로 '무심하게' 드러낸다. 이 무심한 듯한 태도, 정돈된 파격, 우아함을 잃지 않은 개성, 무례하지 않은 자유로움이 시크함의 본질이다.

헐렁한 남성용 바지가, 오버사이즈의 트렌치코트가, 청바지에 눈부신 하얀 티셔츠가 그녀들의 자본주의 제국, 미디어 왕국, 거대 기성복 천국으로부터의 독립정신을 증거한다. 브랜드 로고로 너무나 확연하게 드러나는 '값비싼 기성복'의 천편일률적인 몰개성주의도 그녀들에겐 천박하게만 느껴질 뿐이다.

버킨백을 제일 많이 소유하고 있는 셀러브리티는 제인 버킨이 아니다. 빅토리아 베컴이다. 버킨은 그 비싼 버킨백에 각종 비즈와 스티커로 자기만의 커스텀을 한다. 2011년 일본대지진 피해자들을 위해 경매에 내놓은 백엔 아웅 산 수 치의 얼굴 스티커가 붙어 있었다.

멜로드라마

위대한 감정이입

런던의 한 젊은 변호사가 친구와 함께 여름휴가를 갔다가, 발목 부상으로 어느 시골 농가에 묵게 된다. 그곳에서 순진한 시골처녀와 사랑에 빠지게 되고 결혼을 결심하지만, 다시 도시로 돌아와 새로운 여자를 만나게 되면서 갈등에 빠진다. 결국 시골처녀를 버리고 신분과 환경이 비슷한 그 여자와 결혼을 하게 된다. 18년 후 백발이 다 된 변호사 부부는 그 시골마을을 다시 지나치게 되는데, 버림받았던 시골처녀는 오래전 애를 낳다 죽었다는 얘기를 듣게 된다. 변호사 부부는 운전을 하며 바람 부는 언덕길을 넘어가는데 사냥총을 든 양치기 청년이 시원한 미소를 지으며 손 인사를 한다. 자동차는 스쳐 지나고, 청년은 멀어지는데 변호사의 눈엔 놀라움과 회한의 눈물이 고이기 시작한다. 그 청년은 젊었을 때의 자신과 너무나 닮았기에…. 그리고 끝나지 않는 음악과 함께 엔드 크레디트가 올라간다.

피어스 해거드Piers Haggard 감독의 〈썸머 스토리A Summer Story〉1988를 나는 20대 어느 여름날 허리우드극장에서 보았다. 소설 《테스》1891의 문학적 분위기로 가득 차 있는 이 영화는 서울 어느 도련님이 시골처녀와 풋사랑에 빠지고, 사회적 성공과 관습에 얽매여 결국 배신하는 데까지는 그저 여느 통속드라마처럼 관객이 따라가게 하는 일반적인 전개를 보여준다. 그러나 5분 정도의 라스트 신은 가슴을 후벼 파고, 압도하고, 녹다운시키는 강력한 감정이입을 이끌어낸다. 관객들은 실신할 정도로 울고 아무도 자리를 뜨지 못한다.

내 인생에서 엔드 크레디트가 모두 올라갈 때까지 극장 의자에 처박히게 만든 영화들이 몇 편 있다. 나는 그런 영화들이 좋은 영화라고 생각한다. 피안의 세계로 나를 이끌고 그 어둠의, 낯선 세계의 감흥 속에서 쉽게 빠져나오지 못하게 만드는 마력이 예술의 근원적인 존재 이유 중 하나라면 틀린 말이 아닐 것이다. 극장 문을 나와 눈부신 햇살 쏟아지는 그 작은 광장에 섰을 때 느끼는 절대적인 고독감은 또 다른 세계the other world의 진실을 마주쳐본 실존만이 가질 수 있는 두려움 같은 것이다.

오노레 도미에의 〈멜로드라마〉1856~60란 그림을 보면 드라마와 관객 간에 벌어지는 감정적 과잉의 역학이 잘 드러나 있다. 멜로드라마(그리스어로 노래melos와 극drama의 합성어)란 연애극,

오노레 도미에 〈멜로드라마〉 1856~60 뮌헨 노이에 피나코텍

격정극, 통속극으로서 18세기 후반 프랑스혁명 이후 시민계급신흥 부르주아의 등장과 함께 급속도로 퍼져갔다. 주로 착하고 순결한 남녀 주인공에게 악한경쟁자와 훼방꾼이 달라붙고, 코믹한 친구들이 등장한다든지 하여 감정의 완급 조절과 함께 극심한 심리적 갈등을 유지하다가, 사건의 우연적인 전개와 비논리적인 결말로 갑자기 막을 내리는 드라마를 뜻했다. '눈물의 여왕'이 그 중심에 서 있는 건 의심의 여지가 없다.

우리 시대의 멜로드라마는 지극히 여성을 위한 장르가 된다. 중산층의 억압받는 여주인공의 애절한 러브스토리에 대리만족을 호소하는 TV 드라마가 중심을 이루고 있다. 남녀 간의 사랑에 개입되는 신분, 권력, 돈, 불치병, 전쟁 등 느닷없이 들이닥치는 제3의 요소들은 최루성의 삼각관계를 만들어내고, 알렉상드르 뒤마의 《춘희椿姬》1848, 원제목 '동백아가씨'의 계보를 이어받는 소프 오페라Soap Opera, P&G 같은 비누회사의 광고로 제작되기 시작를 각종 미디어가 양산해내고 있다. 우리나라의 경우 〈장한몽〉, 〈홍도야 우지마라〉, 〈춘향전〉에까지 그 기원을 물을 수 있는 일일드라마나 TV 연속극들이 주부들을 위한 멜로드라마로서 진화된 신파조를 이어나간다.

원래 멜로드라마에서 배우의 대사가 없는 부분에 연주되는 음악이 감정 전달의 주요한 역할을 담당했기에, 음악이 화면 뒤로 숨어 녹아들지 않고 우월하게 드러나는 경우, 영화는 효과적인 감정의 고양을 성취한다. 영화음악 때문에 아무것도 아닌 화면이 그럴듯하게 보일 때가 있다. 수단이 목적과 도치되는 순간, 더 나아가 모방의 효과가 모방의 원인과 하나가 되거나 앞서려는 순간에 음악이 개입하며 작용하는 것이다.

영화 〈러브 어페어Love Affair〉1994를 비롯한 엔니오 모리코네Ennio Morricone의 수많은 O.S.T나 히사이시 조Hisaishi Joe가 채색한 미야자키 하야오의 애니메이션 음악들은 감동적이다. 톨스토이의 말을 빌어본다면 '전염적'이다. 〈이웃집 토토로〉1988의 경쾌함과 애잔함을 동시에 담아내며 흘러가는 마지막 주제가는, 간지럽기까지 한 캐릭터의 웃음과 함께, 자리를 못 뜨게 만드는 해피엔딩의 몰입으로 멜로드라마적 감정을 지속시킨다.

운세

참을 수 없는 존재의 궁금증

어떤 혈액형의 여성이 점집에 많이 드나들까? 점 보러 다니는 여성치고 자신의 비밀에 민감하지 않은 여성은 없다. 아직도 여대 앞에는 사주 카페나 타로 점집이 성행하고 있고, 도시의 구석구석에 적지 않은 점집의 활동이 지속되고 있다. 대개 남자들이 나서서 직접 운세를 점치러 가는 예는 드물고, 자신의 남자가 궁금한 여성들에 의해서 대리상담까지 벌어진다. 여성은 자신의 은밀한 카운슬러를 만나 우리 시대에 맞게 적절히 조정된 '고해성사'를 통해 현실의 응어리, 근심의 보따리를 풀어간다. 그 점보기는 자신에게 닥친 불안과 불운을 벗어나기 위한 목적에서 시작하였지만, 불확실한 그 목적과 해답에 도달하기까지의 과정이 도리어 중요한 목적이 되기도 한다.

스팅Sting의 노래 〈Shape of My Heart〉 속의 카드 플레이어는

조르주 드 라투르 〈점쟁이〉 1630경 뉴욕 메트로폴리탄 미술관

하나의 명상을 하듯, 어떤 해답을 찾기 위해 카드를 돌린다.He deals the cards as a meditation, (···) He deals the cards to find the answer. 그의 카드놀이의 목적은 세속적인 돈과 권력, 명예가 아니다. 그는 승리를 위해서가 아니라 '기회의 신성한 기하학The sacred geometry of chance'과 '가능성 있는 결과의 숨겨진 법칙The hidden law of a probable outcome'을 위해서 카드를 돌린다.

고대로부터 신내림을 받는 무속인이나 신탁은 여성들이 많았다. 그들은 인간적인 성의 헤게모니에서 벗어나 있다. 그런 성의 중립적 태도 때문에 여성들은 두려움과 부담감 없이 점집으로 들어간다. 부모나 친구에게 못하는 얘기를 할 수 있는 치외법권의 성소 같은 공간이 있다는 것은 얼마나 안심을 주는 삶의 여백인 것인가.

'여자의 직감'이란 말이 있듯이 여성들의 본능적이고 직관적인 예감의 탁월성은 지금도 어머니의 꿈, 아내의 텔레파시 속에서 살아 움직이고 있다. 명리학命理學을 이론적으로 연구하는 남성들이 많이 늘어나고 있지만 그것은 우주의 혼돈카오스을 조화코스모스의 구조 속에 구성해놓는 수적인 질서와 통일의 법칙에 토대를 둔 것이다. 그러나 태어난 연, 월, 일, 시의 사주四柱, 그리고 음양(달과 해)陰陽과 오행(동양의 '우주의 5원소' 나무, 불, 흙, 쇠, 물)五行의 순열 조합에 의해 만들어지는, 오랜 시간 동안 정밀하게 형식화되고 체계화된 운명론보다는 여성의 직접적이고 후각적이기까지 한 '촉'과 '감'이 훨씬 더 선명하고 강력할 수 있다. 여성의 세계와의 접속은 관념적이거나 추상적이기보다는 구체적이고 현실적인 부분에서 이루어진다. 남성이 거시적이라면 여성은 미시적인 얼개 속에서 한 인간의 좌표를 그려본다.

우리의 우주는 정확한 좌표의 운행을 통해서 조화로운 아름다움을 완성한다. 서양음악에서 하나의 음표는 하나의 별을 상징하고 각 음정의 균형은 화음의 하모니를 만들어낸다. 별의 운행은 예정된 우주적 질서의 표현이며 이 운행의 법칙을 읽으면서 인간의 운명, 역사의 진행을 점치는 기술이 점성술이다. 예수의 탄생을 축하하며 황금과 유향과 몰약을 바쳤던 동방박사Magus, Magi는 우리가 생각하는 "닥터doctor"가 아니라 별의 운행 법칙을 읽었던 점성술사이다. 우주를 구성하는 근원적 법칙을 '수數'에서 찾은 피타고라스도 점성술사였다.

뉴턴의 물리학이 절대주의적인 것이었다면 아인슈타인의 물리학은 상대주의적인 패러다임을 견지하고 있다. 우리의 인생이 몇 날 몇 시에 어떻게 될 것이라는 결정론적 운명론에서 벗어날 수 있는 상대성이론은 영화 〈백 투 더 퓨처 2Back to the Future Part Ⅱ〉1989에 이해하기 쉽게 나와 있다. 타임머신 드로리안DeLorean을 타고 미래로 가서 문제를 해결한 주인공 마티마이클 J.폭스는 자신이 살던 1985년으로 돌아왔지만 현재의 1985년은 떠날 때와 완전히 다른 세상이 되어 있다. 아버지는 악당 비프에게 살해당했고 어머니는 비프와 같이 살고 있다. 이렇게 된 이유를 영화 속에선 돌아가는 "시간대를 잘못 탔기" 때문이라고 나온다.

운명론의 전형적인 직선형의 사관史觀, 대표적으로 종말론적 사관은 처음과 끝이 있다. 창세가 있으면 종말이 있고 인간은 그 역사의 외줄 위로 걸어갈 뿐이다. 인간은 알 수 없는 두려움에 떨고, 한 조각의 희망을 바라보며 정해져 있는 삶을 살아가는 비극적 존재인 것이다. 최선을 다한 순간의 선택이 만들어놓은 결과는 운명의 장난—죽여 보니 자신의 아버지요, 살아 보니 자신의 어머니였던—에 희생당하는 죄 없는 오이디푸스의 최후일 뿐이다.

〈백 투 더 퓨처 2〉는 다른 "시간대"라는 개념을 얘기한다. 그렇다면 여기서 나의 지금 이 순간을 관통하는 시간대는 단 하나가 아니라 수많은 시간대로 존재한다. 수학적으로 몇십 차원을 검증해도 우리가 살고 있는 이 현실은 3차원을 넘어서지 못하고 만다. 그저 상대성이론의 4차원을 조심스레 논의하는 정도다. 순간순간 나를 관통하는 수많은 시간대 속에서 나는 자유의지로, 가변적으로 순간순간 다른 시간대를 선택하면서 나아간다. 그것은 정해진 인과율이 아니라 나의 선택에 따라 변화하는 인과율이다. (나는 지금 탁자 위의 물 잔을 엎을 수도, 그대로 둘 수도 있다. 물 잔이 엎어진 후의 탁자는 그 전과 다른 인과율에 놓이게 될 것이다.) 만약 4차원 이상 되는 차원에서 나를 바라본다면 나는 있는 것일까, 없는 것일까? 다른 차원과 다른 시간대에선 지금 여기의 나와 다른 모습으로 살고 있는 것은 아닌가?

중고등학교 때 〈행운의 편지〉를 받고 주체 못할 공포에 떨었던 적 있다. (생각해보면 나의 라이벌이 나의 시간을 허비하게 만들려고 시도한 술책 같기도 하다.) 몽마르트 언덕 위의 성당에서 자판기 기념동전을 사며 면죄부 혹은 당백전을 연상하기도 한다. (절에 가선 향을 많이 산다.) 자금성을 들어가면서 오문午門이던가, 그 큰 대문의 유방처럼 생긴 철 장식을 어루만진다. (관운이 따른다던가.) 피렌체 두오모 꼭대기에 올라가 철제 난간의 봉을 쓰다듬으며 한 바퀴 돈다. (무슨 의미가 있는 줄 알고 따라 하는 사람들도 있다.) 로또 명당에 가끔 들러 줄을 서지 않고 자동발행권을 사서 도망치듯 빠져나온다.(우리 동네에 최고 명당이 있다.) 사주에 금金이 부족하다 하니 반지와 팔찌, 여자들에게 비호감을 준다는 금속 목걸이, 바지에 거는 체인까지 사들인다. (돈이 많이 든다.) 신년엔 인터넷으로 종류가 다른 신新토정비결, 정통운세를 각각 구입하는 것은 물론이고, 신문 잡지를 통해 오늘의 띠별 운세, 이달의 별자리 운세를 꼭 챙겨본다. (가까운 사람 것까지 보려면 바쁘다.) 서점에 가서 꿈

해몽 책을 뒤적거린다. (책을 안 봐도 느낌이 좋은 꿈이 있고 나쁜 꿈이 있다.) 삼재三災라는 것을 신경 쓴다. 삼재에는 들삼재, 눌삼재, 날삼재가 있다. (12간지 중에서 각각 3가지씩이니 총 9개의 띠가 삼재 중이다. 그러면 삼재 아닐 때는 얼마 동안이란 말인가.)

영어에 "should 용법"이 있다. 운세의 모든 구절엔 이 should가 들어 있다. should는 확정적인 가정, 운명적인 의무와 명령, 피하지 못할 것 같은 예언과 예정을 말한다. 그것은 일종의 협박과 같은 것이다. 이 should의 주문에서 자유로워져야 한다.

어떤 상담 : "집에 모과나무가 있나?"

"네, 있어요. 어떻게 아셨어요?"

"없으면 큰일 날 뻔했어!"

"휴~ 다행이네요."

또 어떤 상담 : "집에 모과나무가 있나?"

"아뇨, 없어요. 왜요?"

"있으면 큰일 날 뻔했어!"

"휴~ 다행이네요."

독서

책 읽어주는 여자

그녀는 여대생일 것이다. 그녀의 옷차림은 굳이 따지자면 음대생 쪽이 아니라 미대생에 가깝다. 반짝이는 단추 같은 자신을 부각시키는 장치는 찾아볼 수 없고, 짧지 않은 살구색 플레어스커트를 입고 있다. 어깨 약간 아래까지 내려올 것 같은 머리를 느슨하게 묶은 그녀는 그저 심심한 가을의 냄새를 풍기며 고개를 떨군 채 서 있다. 그녀의 눈은 누워 있는 매대 위의 책을 향해 마치 물속의 물고기를 찾는 듯 깊고 먼 시선을 내보내고 있다.

그녀가 고른 책은 토스카나의 역사를 다룬 에세이집. 책장을 넘기는 미련해 보이지 않은 기다란 흰 손, 거의 민낯에 가까운 얼굴, 매니큐어를 하지 않은 연분홍색 손톱, 귀밑에서 셔츠의 안쪽 어깨로 흐르는 신비한 목선, 힘주지 않고 오므린 깔끔한

마네 〈철도〉 1873 워싱턴 국립미술관

입술은 그녀가 이지적 혈통을 지니고 있음을 화려하지 않은 음색으로 얘기해주고 있다.
마치 핀 라이트 조명이 그녀의 머리 위에서 떨어지는 듯, 주변의 사람들도 어둠 속으로 지워지고, 주변의 소음도 침묵 속으로 잦아든다. 거룩함까지 느껴지는 그런 신비로운 느낌에 내 시선은 멈춰버리고, 나는 눈치채지 않게 그녀 곁으로 스쳐 지나간다. 목덜미 부근에서 은은한 재스민향이 느껴진다. 그러나 그것은 향수가 아니라 비누의 향기에 가깝다. 이렇게 근사하고 우아하게 책을 읽는 여자의 모습을 본 적이 없었다. 나는 그녀의 책 읽는 모습에 반하고 만 것이다. (그리고 나는 얼마 후 알게 되었다. 그녀가 창녀라는 사실을.)
나는 오래전부터 도스토옙스키의 《죄와 벌》1867을 영화 〈죄와 벌, 서울, 2016년〉으로 번안해서 만들고 싶었다. 주인공인 내가 그녀소냐를 처음으로 만나는 장면을 나는 오후의 교보문고로 구상했다. (도스토옙스키의 시대상을 '히키코모리'라는 은둔형 외톨이, 원조교제, 묻지 마 살인, 가정붕괴 등의 사회적 이슈를 통해 현대 일본 속으로 패러디한 오치아이 나오유키落合尙之의 만화 《죄와 벌》이 2007년 출간되었다.) 거울을 쏘아보며 머리핀을 꽂는 포즈보다는 책 속에 집중하며 슬로모션으로 책갈피를 넘기는 포즈를 만들어낼 줄 아는 여성이 가장 섹시할 수도 있다.

숨이 멎는 정적의 긴장감 속으로 우리를 이끄는 페르메이르의 〈편지를 읽는 푸른 옷의 여인〉1657경, 〈그네〉1766경로 유명한 프라고나르의 로코코적 향취 〈책 읽는 여인〉1776경이나 기찻길 철책 옆에 앉아 책을 읽다 잠시 우리를 쳐다보고 있는 중년의 빅토린 뫼랑—〈풀밭 위의 점심〉1863, 〈올랭피아〉1863의 그 유명한 모델이었던—의 시선을 포착한 마네의 〈철도〉1873, 반측면의 역광을 받으며 따뜻하게 부서지는 르누아르의 색채 〈책 읽는 여인La liseuse〉1874~76 속의 순간은 일상의 평범한 시간이 잠시 정지되었다가 다시 불멸의 시간으로 넘어갈 것 같은 성스러운 고요를 담고 있다. 그들의 그림 속에서 영원할 것 같은 신선함과 '현대성'을 느끼게 되는 이유는 동시대의 색채, 기법, 뉘앙스로 표현된 스냅사진 같은 순간성에 있다. '찰나에서 영원까지' 시간과 운동의 한계를 초월하는 것이 예술의 종교성 같은 것이라면 현실 속에서 책 읽는 여인의 모습은 예술적 일상, 일상적 예술의 교차가 일어나는 그 결정적 순간의 정지 화면이다.

특히나 인상주의를 비롯한 각 장르의 예술가들은 신흥 부르주아의 은밀한 욕망과 속물적 근성을 폭로하고 풍자하였다. 프랑스혁명 이전, 왕과 귀족이 예술의 주요한 소비자였을 때 문학의 주된 장르는 시가詩歌였다. 부르주아는 시의 은유성과 상징성을 이해하지 못했다. 그대로 그 의미를 '풀어서 써주는' 산문散文이 편했다. 돈 벌기 위해서 책 읽을 시간도 없었다. 때마침 등장한 당시의 가장 강력한 대중매체인 신문의 판매구독률를 고려한 연재소설 정도가 그들의 문학적 취향을 해소시키기에 적합했다. 대중소설, 통속소설들이 등장하고, 귀족청년과 고급 창녀와의 사랑을 그린 신파극 《춘희》1848를 쓴 알렉상드르 뒤마 같은 '생전에 큰돈을 버는' 베스트셀러 작가도 배출시킨다. (뒤마의 복수극 《몽테크리스토 백작》1845, 에밀 졸라의 자연주의 막장드라마 《테레즈 라캥*Thérèse Raquin*》1867은 지금 봐도 흥미진진하고 자극적이다.) 파리 상류층의 타락을 고발한 에밀 졸라의 《나나》1880는 물론이고, 소설 속 로맨틱한 환상을 꿈꾸는 '프랑스판 자유부인' 플로베르Flaubert의 《보바리 부인*Madame Bovary*》1857을 비롯해 19세기 대부분의 소설은 매춘과 불륜을 묘사하며 부르주아의 탐욕과 몰락에 현미경을 들이댔다.

졸라의 여주인공을 그대로 그린 마네의 〈나나〉1877나 추악한 붉은 방의 현실을 기록한 로트레크의 〈검진〉1894경, 초콜릿색 왁스로 몸체를 만든 드가의 조각 〈14세 소녀 발레리나Little Dancer Aged Fourteen〉1881는 매춘이라는 19세기 파리의 위선적 삶의 불편한 진실을 리얼하게 드러낸다. 드가가 이 흉악하게 만들어진 발레리나의 조상을 인상파 전시에 출품했던 이유는 부인과 함께 전시장을 찾은 부르주아스폰서의 양심에 당혹스런 상처를 내기 위해서였다.

그렇다면 우리 시대의 부르주아가 좋아했던 영화 〈브리짓 존스의 일기Bridget Jones's Diary〉2001가 모델로 삼고 있는 '로맨틱 코미디의 원조' 제인 오스틴의 《오만과 편견*Pride and Prejudice*》1813, 19세기 도덕적 편견과 사회적 인습에 희생당하는 농촌 처녀의 비극 토머스 하디의 《테스—순결한 여성*Tess of the D'Urbervilles*》1891이 나온 영국은 어떠했는가. 19세기 중반 인구가 200만 명이었던 런던에는 미성년과 노년 여성을 제외하면 시내를 활보하는 젊은 여성 12명에 1명이 매춘부라는 통계도 있다. 이런 사회적 분위기는 성병의 파급으로 번져 갔고, 매독은 결핵과 더불어 가장 일반적인 19세기의 질병이 되었다. 시대에 저항했던 우리의 마네도 매독으로 다리를 자르고 결국 숨졌다.

1850년 유럽에서 식자율에 대한 조사가 일제히 벌어졌다. 문학의 황금기라고 할 수 있는 19세기 중반, 성인의 문맹률은 영국이 30퍼센트, 프랑스가 40~45퍼센트, 이탈리아는 70~75퍼센트, 러시아는 90퍼센트에 달했다. (그러나 표지판이나 달력의 숫자, 자기의 이름 정도만 읽을 줄 아는 수준의 식자율을 제외한다면, 19세기 중반 런던과 파리의 문자 해독률은 20~30퍼센트에 그친다.)

19세기말 파리 여성의 직업은 세탁부, 양장점 여점원, 다림질녀, 술집 여급, 혹은 물과 빵 배달녀, 공장공원 등이 대부분이었다. 그들 대부분 남성 임금에 절반에도 미치지 못하는 헐값의 임금노동자일일 노동 시간 15시간 정도로 일했다. 파리 바깥에서는 밀레가 보여준 〈이삭 줍는 여인들Les glaneuses〉1857과 같은 '하층민의 운명의 삼미신三美神'이 힘겨운 노동에 몰두하고 있었다. 사실 당시 여성의 독서는 권장되지도 않았고 오히려 비난의 대상이었다. 일상의 풍경 속에서 책 읽는 여성을 발견하기란 쉬운 일이 아니었다. 19세기 후반 여성의 일상과 모드를 관찰하고, 줄곧 사람들을 "잘 익은 과일처럼" 그리기에 고심해왔던 르누아르도 이런 말을 남겼다.

"비록 글을 읽지는 못하더라도 자기 아이들의 엉덩이를 손수 닦아줄 줄 아는 여성들을 나는 좋아하오."

꽃무늬

봄의 여신과 함께하는 옷

세상의 모든 디자인 중에서 꽃 모양처럼 완벽한 것은 없다. 세상에 추한 꽃ugly flower이 있을까? 지극히 고전주의적인 비율에서 지상의 모든 꽃들은 비례, 균제, 균형, 대칭의 수적 통일을 이루며 미의 극치를 보여준다. 우주적 기氣가 그려낸 미의 진수, 만다라曼荼羅의 엄밀한 조화가 그 속에 있다. 식물성 질감의 부드러움과 선정적이면서도 아련한 색채의 황홀함은 인간이 상상할 수 있는 마지막 장식성의 표본을 보여준다. 그 형태와 색채의 완벽한 유혹에 나비도 벌도 눈이 먼다.

꽃을 여성의 유연함과 포용성의 상징으로 연관 지은, 유사 이래로 주입된 관념 때문일까. 우리는 여성적 취향의 공간에 꽃무늬를 장식하는 것이 상례가 되어 왔다. 로라 애슐리Laura Ashley의 꽃무늬 드레스가 히트를 쳤던 적이 있었다. 그뿐만 아

보티첼리 〈비너스의 탄생〉 1485경 피렌체 우피치 미술관

니라 꽃무늬 원피스, 이불, 손수건, 벽지가 여성들의 생활공간을 지배했던 적이 있었다. 그것은 로코코의 중산층 버전으로 마리 앙투아네트나 영화 〈바람과 함께 사라지다〉1939의 스칼릿 오하라의 분위기와 취향이 오늘날까지 유효할 수 있는 까닭에 대해 생각하게 만든다.

고대 로마의 역사가 타키투스Tacitus에 의하면 로마 제국에서는 남성의 견직물 사용이 금지된 적이 있었고, 제2대 황제 티베리우스는 남성이 실크 옷을 입는 것을 금지했다. 부드럽고 흐느적거리는 비단을 좋아하는 것은 유약함의 증거라고 생각했기 때문이다. 꽃무늬 실크 옷을 입고 로마 제국의 강인함을 표시하기는 어려운 일이었을 것이다. 특히나 여성에 대한 애정 관념보다는 남자들끼리의 우정과 의리를 중시했던 로마 남성의 애정관에 있어서 꽃보다는 칼이 동경의 대상이었을 것이다.

언젠가 어느 멋진 견해를 들은 적이 있다. 우리의 수원 화성을 그렇게 꽃처럼 화사하게, 공예工藝에 가깝게 지은 이유는, 수원성을 공격하는 적들이 그 아름다움 때문에 전의戰意를 상실케 하기 위해서라는 얘기. 적을 물리칠 수 있는 강력한 무기는 총검이 아니라 꽃이라는 얘기다. 미국 히피족의 플라워 파워Flower Power를 상기시키는 장면이다. 그러고 보니 베니스 비엔날레 한국관에 참여했던 설치작가 이용백이 총천연색 꽃무늬 군복을 디자인한 것도 이해가 된다. 카무플라주 무늬가 꽃무늬로 바뀐 세상에서는 전쟁이 적어질지도 모른다. (기왕 만들라면 꽃무늬 탱크, 꽃무늬 전투기, 꽃무늬 미사일을 만들어야 한다.)

세상의 모든 무늬는 꽃의 원형原形에 가깝다. 우리의 전통적인 연화문이나 당초문을 포함해서 모든 정신적·종교적 정화精華의 공간들에는 꽃무늬가 새겨져 있다. 꽃이 모든 문양의 정점acmé이기 때문이다. 그 꽃무늬에 둘러싸이거나 경배받는 대상은 〈수태고지〉의 성모마리아이거나 〈프리마베라La Primavera〉1478경의 여신 플로라flora의 옷을 입은 고려 불화의 관음보살이 된다. 아니 아예 그들은 백합이 되고, 장미가 되고, 연꽃이 된다.

여성을 꽃으로 비유하는 이상한 억압 구조에서 꽃 같은 여성은 '직물의 꽃'인 레이스를 통해 더욱더 입체화된다. 그러나 옷의 장식이 필요 이상으로 화려해질수록 옷을 입는 주체의 마음은 무겁게 가라앉는다. 장식이 과해짐은 본질에서 멀어진다는 뜻이고, 그것은 일탈과 몰락의 징표가 된다. 꽃무늬의 재잘대는 언어가 노골적인 장식의 무의미함으로 다가올 때 그 옷은 이미 속옷으로 기능하기 시작한다. 꽃무늬는 외부로부터가 아닌 내부로부터의 카무플라주인 셈이다.

꽃이라는 등가부호를 통해 외부로부터 부여된 왜곡된 여성성의 이미지는 패션의 각 장르에서 극대화된다. 아직까지 아디다스 꽃무늬 트레이닝복은 남성보다는 여성의 취향에 호소하는 색채와 형태를 띠고 있다. 남자가 꽃무늬를 입지 말란 법은 없다. 나도 폴 스미스의 프릴frill 셔츠와 꽃무늬 남방, 그리고 새틴 satin 셔츠를 굉장히 앞선 시기에 즐겨 입었다. 소매에 붉은 꽃이 자수로 새겨진 셔츠도 있다. 모두 평상시에는 입기 어려운 옷이다. 20여 년이 지난 요즘, 이것들을 가끔 입고 외출하면 최근의 폴 스미스 것과 다른 포스와 위엄이 담겨 있음을 느끼게 된다.

뉴new 빌리 조엘보다 올드old 빌리 조엘에서 순결한 진정성이 느껴지듯, 빈티지 폴 스미스는 화려한 것 같지만 천박하지 않은 아우라aura를 지니고 있기에 자랑스럽다. 여성 라인보다도 화사하고 부드러운 깊이를 지닌 '세상에서 가장 예쁜 남성복'을 만들겠다는 폴 스미스의 초심이 옷의 안감에까지 수놓아져 있음을 느낄 수 있다. 폴 스미스는 여성 옷보다도 단연 남성 옷이 아름답다. 꽃무늬에 대한 하나의 편견 없는 해석이 고급문화와 저급문화, 클래식과 팝, 남성성과 여성성의 경계를 허물고, 의생활 문화에 있어서 유쾌한 화해와 혼성의 영토를 열어 줄 수도 있다.

엄마 사진

유전하는 리즈 시절

내가 몇 년 전부터 구상하고 있는 영화가 있다. 〈100년 동안 한 여자를 사랑한 남자〉 이야기다. 느낌은 조용한 일본영화처럼 소소하게 흐르다가 마지막에 흐느끼게, 관객을 따뜻한 슬픔으로 주저앉히게 만들고 싶다.

모두 크게 세 부분으로 단락 지을 수 있는 스토리 라인은 첫 번째로 어린 소년주인공인 나과 어머니와의 사랑 부분, 두 번째 그 소년이 자라 청년이 되어 아리따운 처녀를 만나 사랑하는 부분, 마지막으로 아빠가 된 그 청년이 느끼는 딸에 대한 사랑 이야기로 구성된다. 라스트 신에서 중년의 이 남자는 늙어 돌아가신 어머니의 오래된 사진첩을 발견하고 뒤척이다 (이때 음악이 나지막이 개입되어 엔드 크레디트로 이어진다. 편곡된 이문세의 〈소녀〉를 생각하고 있다.) 놀라운 진실을 마주치게 된다.

알렉산드르 소쿠로프의 영화 〈어머니와 아들〉 1997

어머니의 처녀시절 모습은 젊은 시절 사랑했던 내 아내의 얼굴이었고, 어머니의 어릴 적 모습은 내 딸의 얼굴이었다는 사실. 중년의 아빠가 된 나는 어머니의 세 가지 얼굴을 보며 눈물짓는다. 나는 100년의 한 여자를 사랑했던 것이다.

남자는 평생 엄마를 벗어날 수 없다. 결국 엄마 닮은 여자를 사랑하고, 엄마 닮은 딸을 낳고 산다. 엄마는 세상의 모든 것이다. 엄마가 죽으면 이 세상도 끝나는 것이다. 러시아의 영화감독 알렉산드르 소쿠로프Alexandr Sokurov는 영화 〈어머니와 아들〉1997에서 다가오는 새로운 세기에 대한 두려움과 절망을 어머니의 죽음이라는 은유를 통해 절감케 한다. 어머니와의 이별과 단절은 내 존재가 우주라는 생명의 근원 밖으로 홀로 버려지는 것을 의미한다. 그 마지막 순간에도 엄마는 엄마로 남는다.

내가 너희들의 엄마임을 잊지 말라는 의미인지, 내가 너희들에게 엄마로서 줄 수 있는 마지막 사랑이란 의미인지, 인도 란탐보르Ranthambore 국립공원의 늙은 '여왕 호랑이' 마츨리Machli는 다 커서 독립하는 새끼호랑이들에게 마지막 헤어짐의 인사로 나오지도 않는 빈 젖을 물리고 헤어진다.

모든 남자는 D. H. 로렌스의 《아들과 연인*Sons and Lovers*》1913처럼 어머니의 집착적인 사랑으로부터 온전히 자유로울 수는 없을 것이다. 그러나 그 사랑의 부담은 아들의 이기적인 심중에서 시작된다. 전생이라는 또 하나의 허구적 삶이 허용된다면 전생에 나는 엄마였고, 엄마는 나의 아들이었을 거라는 구상은 완벽에 가깝게 그럴듯하다.

여자의 경우도 거의 마찬가지가 아닐까. 연애를 시작하는 많은 여성들이 남성을 선택할 때 처음에는 '익숙함' 또는 '친숙함'이 주된 장점으로 작용한다. 처음 만나는 남자에게서 언뜻언뜻 보이는 그 낯익은 표정이나 행동은 그녀에게 안정감을 주는데 그것은 아버지의 희미한 그림자라고 할 수 있다. 아버지를 미워할지라도 오랜 시간 자신에게 밴 아버지의 향취는 지우기 힘들다. 결국 낯섦의 공포를 이기지 못하고, 아버지 같은 남자를 만나서, 아버지 같은 아들을 낳고 산다. (아버지 같은 남자와 절대로 결혼하지 않겠다는 '필사적' 각오와 실행이 없는 한.)

대학에 갓 들어간 딸에게 엄마가 처녀 때 입었던 "바바리"코트나 명품백이 전수되면서 딸의 얼굴에 엄마의 리즈 시절이 겹쳐지는 순간이 있다. 유행이 지난 물건들이지만 엄마가 가장 빛났던 시절의 유물은 모녀가 함께 부여한 아우라aura로 의미화된다. 딸은 엄마의 전성기를 기념하고, 자신과 비슷한 또래의 젊음을 예찬하기 위해, 그리고 자신의 모태적이고 근원적인 이상형과 동일시하기 위해 엄마의 사진을 지갑 속에 간직한다. 가끔 꺼내 보는 그것은 과거와 현재가 오버랩된 손거울 같은 것이다.

근대적 모드의 하나인 교복을 벗고 새로운 화장과 헤어스타일, 새로운 옷과 구두로 급격한 변신이 이루어졌던 과거와는 다른 시대에 지금의 젊은 여성들은 살고 있다. 자연스럽게 허용된 자율적인 패션에 어느 정도 노출되어 있지만, 자신이 성숙의 차원으로 한 단계씩 나아간다는 의복의 변화가 주는 격식의 품위는 못 느끼고 살아가는 것 같다. 교복의 자율화를 말하지만 그들이 신고 다니는 신발, 가방, 패딩 점퍼의 색채와 디자인, 브랜드는 획일화를 조금 상회하는 정도의 자율성에 머물고 있다. 그것은 자율을 가장한 또 다른 교복이다. (그렇게밖에 입을 수 없는 교육 현실이 가장 큰 원인이지만.)

자신과 같은 또래 나이의 엄마 사진을 보면 이상하게 지금의 자신보다 조숙해 보일 것이다. 그 얼굴은 주어진 삶의 과정을 하나하나 주체적으로 극복했기에 가능해진 얼굴이다. 수십 년 동안 자신의 개성과 욕구를 은폐했던 타율적인 의복을 하나둘 벗고 난 뒤에만 드러날 수 있는 얼굴이다.

우리는 '허례허식'이라는 명목으로 많은 예식과 의식을 생략하면서 살아간다. 요즘 환갑 잔치를 벌이는 '젊은' 노인들이 드물다. 그런 의식과 행사가 가족들의 소속감과 동질감을 확인시켜주고, 인간의 기억 속에 예절이라는 단어를 되새겨준다는 중요한 사실을 애써 부인하고 있다. 옷은 격식을 만들고, 그 격식은 위엄을 만든다. 사진 속 엄마의 얼굴은 그 위엄을 소중히 지켰던 시대의 표정을 담고 있다.

에필로그

다시 여자 속으로

이 책은 비평적 글쓰기, 역사적 고증, 철학적 시선으로 짜인 소위 인문학적 망으로 여성의 사물을 걸러내려는 시도이지만 — 취업률이라는 수치적 기준에 의해 철학과, 순수예술과 등 기초학문의 학과들이 나날이 퇴출되고 있는 부조리 속에서— 인문학의 부흥기라는 그 허울뿐인 명성엔 기대고 싶지도 않다. 방송을 독점한 소수의 인문학 강사는 TV를 통해 얼굴과 이름을 알리고 그 유명세를 이용해 책을 판다. 그 책은 이내 베스트셀러가 되어 대형서적의 랭킹을 과시하는 스탠드 위에 반쯤 젖혀진 포즈로 누워 있게 된다. (세계의 아름다운 서점들의 책은 독자들을 그런 방식으로 만나지 않는다.) 대중을 위한 인문학은 소수를 위한 인문학, 쇼맨십의 인문학, 자본주의의 시녀가 된 인문학이 되어버리기 일쑤다. (그것마저 없으면 인문학 책은 더 팔리지도 않겠지만.)

이 책이 베스트셀러가 되려면 나와 지하철 같은 칸에 탄 사람들, 식당에서 같이 밥을 먹고 있는 사람들의 대부분이 사서 읽어야 한다. 대형마트, 기차역, 동네 편의점의 한 코너에서 팔리고 있어야 한다. (제목 때문에 여자들만 사서 읽는 해프닝은 발생하지 말아야겠다.) 나는 이 책을 마무리하는 도중 그런 과도한 상품화에 거부감이 강하게 일기 시작했다. 토마토케첩 코너 옆에, 애들 장난감 코너 옆에, 콜라처럼 꽂혀 있는 인문학적 관점으로 보는《여자의 물건》이란 책은 왠지 낯설고 초현실적이다.

원하는 것이 있다면 이 책을 젊고 어린 두 딸과 그 친구들이 읽어주었으면 좋겠다. 이 책엔 아빠 세대의 문화탐험기가 들어 있다. 아빠의 학창시절 읽고 보았던 책과 영화, 즐겨 들었던 팝송, 그리고 아빠가 설명하는 그림들을 두 딸도 똑같이 체험하여 (서로 다르겠지만) 그 느낌을 공유하고 싶다. 아빠가 걸었던 그 길을 간접적으로 같이 걷다가 그네들 자신의 길을 스스로 찾아가길 원한다. 또 이 책을 '이 세상의 누나들'이 읽어줬으면 좋겠다. 오래전에 놓았던 책을 손에 들고, 생각하는 시간을 자주 가짐으로써 그들의 머릿속에 신선한 바람이 일었으면 좋겠다. (그래서 읽기 편하게 책의 글자 크기도 좀 크게 했다.)

그럭저럭 미술계에서 20년 이상을 머물렀다. '미술은 커뮤니케이션'이란 화두를 포기한 적이 없었다. 지난 내 인생이 잡지를 통한 소통이었다면 이제 남은 인생은 (큐레이터로서 저자로서) 미술관과 책을 통한 대화로 이어나가려 한다. 항상 글을 쓰면서 말하듯 쓰면 어떨까를 생각해봤지만 막상 글쓰기에 들어가면, 종이 위의 글은 TV 속의 말과는 달라야 한다는 근본주의자의 입장을 포기하지 못하게 된다. 말은 풀어내는 것이지만 글은 짓는 것이라는 생각에 아직도 나는 하나의 사고를 응결하고, 몰입하고, 구성하는 글짓기를 벗어나지 못하고 있다. 당분간 음악적 리듬과 템포를 지닌 나의 이런 형식주의적 글쓰기는 지속되겠지만 앞으로는 더 많이 허물고 비워나갈 생각이다. (시 쓰기와 비슷한 이런 조탁의 글쓰기는 이제 너무 힘들다.) 그 부족함을 채워줄 대안은 오로지 책이 아닌 다른 문맥콘텍스트에서의 소통이다. 대학 강단을 비롯해서 극장, 호텔, 심지어 대형 갈비집에 이르기까지 다양한 장소에서 강연을 통해 대중들과 만났다. 그들에게 들려준 그림이야기로 인해 "그남자그림 읽어주는 남자"라는 별명도 얻었다.

정치 · 경제 · 사회 · 역사 · 문화의 결정체로 존재하는 하나의 그림을 생생하게 설명하기 위해선 비틀즈의 〈예스터데이〉도, 김현식의 〈비처럼 음악처럼〉도 언급할 수 있어야 한다. 그리고 거기에 주관적 삶의 관점을 제시해야 한다. 그것이 '그남자'가 사물에 접근하는 방식이다. 결국 세계는 주관적 렌즈 속에서 초점이 맞은 자신의 모습을 드러낸다. 고대로부터 현대까지, 동

테오도르 샤세리오 〈두 자매〉 1843 파리 루브르 박물관

양에서 서양으로 넘나드는 '그남자'의 미적 사색을 통해 여성적 사물이 보다 심층적이고 입체적으로 조망되길 기대한다.

되돌아봄의 시간으로부터 소외당한 현대인들이 하나의 사물에 대해 진전시키는 생각의 깊이는 제한적일 것이다. 여자의 물건에 대한 수많은 호기심에서 시작된 '여자란 무엇인가'라는 물음은 이 세상의 여인의 수만큼이나 다양한 해답을 내놓는다. 여자의 물건에 대한 인문학적 해독을 통해 무던했던 세상이 낯설고 새롭게 다가오게 되는 '행복한 예술향유'를 독자들이 경험했으면 좋겠다.

이제 감사의 말씀을 드려야겠다. 이 책을 쓰게 된 최초의 계기를 마련해준 정규영 에디터, 오래전부터 나의 글을 읽어주었던, 그리고 용기를 주었던 이원 시인, 출판업계의 고난과 고초를 나와 비슷하게 경험한 세종서적의 박숙정 상무, 아름다운 책을 만들기 위해 가장 많이 만났던 이진아 에디터, 조정윤 디자이너에게 깊이 감사드린다. 오래된 파일에서 찾은 사진들을 흔쾌히 내어준 '동감의 영혼' 김중만 사진작가, 바쁘신 중에도 추천사를 보내준, 젊은 감성의 소설과 다양한 채널의 문화활동으로 대중과 즐거운 소통을 하고 있는 백영옥 작가, 한국영화 최고의 스타일리스트이자 순수주의자인 이명세 감독께 머리 숙여 감사의 마음을 표하고 싶다. 마지막으로 실직한 남편과 시부모를 뒷바라지하느라 땀 흘리고 있는 아내와 기가 죽은 듯 점점 조용해지는 두 딸들, 같이 살고 있는 우리 집 여자들에게 힘내란 말을 에둘러 보낸다.

여자의 몸에서 내가 나왔다면, 이 책을 쓰고 나는 이제 여자의 마음속으로 진입하려 한다. 새로운 시작은 언제나 두려운 흥분과 함께한다.

2016년 리우올림픽 마지막 날

수하樹下 이근수